A Cardiff, cet après-midi-là, l'air était si électrique qu'Alicia le voyait presque vibrer en rejoignant les supporters de l'équipe galloise qui se pressaient autour du Millenium Stadium, venus par milliers soutenir leurs héros. L'excitation était à son comble, car vaincre l'Italie serait faire un pas de plus vers le grand chelem — la victoire sur les cinq autres équipes du Tournoi des Six Nations.

Après des semaines de déplacements et de soucis, passées à organiser les réceptions et les relations avec la presse autour de cet événement, Alicia avait obtenu deux heures de répit pour assister au match avec ses amis. Une fois terminées les dernières vérifications concernant le déjeuner des sponsors et la fête organisée à Cardiff Bay dans la soirée, elle se précipita vers la tribune. Dans sa hâte, elle heurta un homme qui lui barrait le passage. Elle ouvrit la bouche pour s'excuser, mais son sang se figea soudain dans ses veines.

Elle tenta de s'esquiver mais, plus rapide qu'elle, il réussit à lui saisir la main. Consciente des regards curieux qu'on leur lançait, elle s'efforça au calme et leva les yeux vers le superbe, l'inoubliable visage de celui qui avait transformé en cauchemar ses rêves de gamine.

— Alicia, articula-t-il d'une voix qui, à son grand regret, n'avait pas perdu le pouvoir de la faire frémir.

Les yeux rivés aux siens, il retenait sa main prisonnière. En le toisant d'un regard glacial, elle la lui arracha avant de tourner les talons, mais Francesco da Luca la rattrapa par le coude.

— Alicia, attends ! Il faut que je te parle.

Sans répondre, elle lui jeta un regard de refus dédaigneux tandis qu'un flot de retardataires les bousculait après avoir franchi les tourniquets. Il la lâcha en jurant à voix basse.

— Ne crois pas que tu vas t'en tirer aussi facilement !

Percevant l'accent soudain menaçant de sa voix profonde et un peu rauque, Alicia descendit les gradins quatre à quatre. Du coin de l'œil, elle aperçut Gareth bondir de l'extrémité d'une rangée. Son ami lui agrippa le bras pour l'arrêter.

— Du calme. Tu vas te rompre le cou !

— Où étais-tu donc passée ? s'écria Meg, indignée tandis que son frère faisait asseoir Alicia entre eux. Les équipes vont faire leur entrée… Hé ! Qu'est-ce qui t'arrive ?

— J'ai été dé-bor-dée.

Elle adressa un sourire au mari de Meg :

— Salut, Rhys.

— Tout va bien, mon chou ? s'enquit celui-ci en lui tapotant la main.

— Parfaitement bien.

— Pourtant, ça n'a pas l'air, intervint Gareth.

Le rugissement des supporters italiens couvrit la réponse d'Alicia. Leur équipe venait d'entrer sur la pelouse. Puis une clameur souleva le stade tout entier lorsque Billy Wales, le bélier mascotte des Welsh Guards — le régiment d'infanterie gallois de la Garde du souverain britannique — montra son museau. L'effervescence monta d'un cran à l'entrée du capitaine gallois, suivi par le reste de l'équipe. Les joueurs s'alignèrent pour la présentation au prince.

En souriant, celui-ci remonta la ligne et serra les mains de joueurs des deux équipes en leur adressant quelques mots. Une fois qu'il eut regagné son siège, l'orchestre des Welsh Guards fit entendre les premières mesures de l'hymne national italien, repris en chœur par les supporters tout de bleu vêtus. Ensuite retentit l'hymne gallois, que chantèrent d'une seule voix émue tous les supporters du Quinze du Poireau.

L'orchestre sortit sous les applaudissements, l'arbitre siffla le début de la partie et, dès le premier ballon, l'excitation de la foule se mua en une fièvre aiguë.

Alicia applaudit et hurla avec les autres tandis que les joueurs faisaient vivre la balle d'un bout à l'autre de la pelouse. Quand le demi de mêlée gallois récupéra une longue passe et se mit à courir vers la ligne d'essai en évitant deux plaquages italiens, tous les spectateurs se levèrent, et elle aussi.

Le bruit monta encore lorsqu'un ailier gallois rapide comme l'éclair intercepta le ballon, perça la défense italienne avec la grâce d'un danseur et plongea enfin pour marquer. Alicia applaudit comme une folle, puis se tut et joignit les mains au moment où le demi d'ouverture envoya la balle entre les poteaux, transformant l'essai.

Pourtant, durant toute la partie, et même pendant qu'elle serrait Meg dans ses bras lors du triomphe final, une partie d'elle-même restait hébétée, sous le choc de sa rencontre avec Francesco. Elle aurait pourtant dû se douter qu'en pareilles circonstances, il risquait de venir soutenir son pays.

Un vent de folie soufflait sur la foule. Personne ne songeait à quitter le stade, et l'équipe salua ses supporters au milieu des hurlements de joie.

— C'était absolument superbe, dit Alicia en se levant, mais le devoir m'appelle. Vous autres, restez donc faire la fête. On se verra demain pour le déjeuner.

Elle se pencha pour embrasser Meg, qui lui jeta un regard inquiet.

— Ne te couche pas trop tard. Tu as l'air fatigué.

— Quelle mère-poule ! Je vais très bien. Salut, les copains.

En souriant, Alicia se fraya un chemin au milieu des supporters en délire. Hélas, son sourire s'évanouit quand elle aperçut, barrant la sortie, une silhouette élégamment vêtue qu'elle ne connaissait que trop bien…

Un instant, elle envisagea de faire demi-tour. Elle se reprit cependant et se remit à monter les marches, la tête haute. Ignorant la main que lui tendait Francesco, elle le suivit néanmoins en silence. Ouvrant un vaste parapluie, il la prit par la taille pour la mettre à l'abri. La foule les enveloppait, impatiente d'aller célébrer cette superbe victoire.

— Il faut que je te parle, lui dit-il à l'oreille.

— Non, protesta-t-elle en se dégageant.

— Je comprends ta réaction, mais…

— J'en suis ravie.

— Tu sais pourtant que j'ai tout fait pour reprendre contact avec toi, Alicia, mais jamais tu ne m'as rappelé et mes lettres me sont revenues sans avoir été ouvertes. J'ai même appelé ta mère, sans plus de résultats. Elle n'a rien voulu me dire.

— Elle a suivi mes instructions. D'ailleurs, cela fait longtemps qu'elle a déménagé de Blake Street.

Il l'attira de nouveau à lui, pour lui éviter d'être bousculée par la foule.

— *Dio !* Il faut que tu m'accompagnes à mon hôtel.

Elle le fusilla du regard.

— Après ce qui s'est passé la dernière fois que nous nous sommes retrouvés dans une chambre d'hôtel ? Même pas dans tes rêves, Francesco ! s'écria-t-elle en tentant d'échapper à son emprise.

— Des rêves, c'est bien tout ce que tu m'as laissé ! répondit-il, les yeux rivés aux siens. J'ai eu un regain d'espoir quand j'ai reçu ta lettre, après la mort de ma mère, mais ce n'était qu'un mot de *condogliance*.

— Ma mère a insisté pour que je te l'envoie, après avoir reçu le faire-part de décès.

— Tu me hais donc à ce point ? demanda-t-il en dardant sur elle un regard sombre.

— Non, je n'éprouve plus pour toi le moindre sentiment. Si tu tiens tant à me parler, c'est sûrement que tu veux divorcer. Mais après si longtemps, tu n'as plus besoin de mon accord, à moins que vos lois ne soient différentes des nôtres. Rassure-toi, je ne veux rien de toi et je signerai tous les papiers que tu voudras. Pour moi, tu es libre comme l'air.

— Tu es toujours ma femme, et je suis ton mari, dit-il en hochant la tête, une drôle de lueur dans le regard.

— Sur le papier seulement. En tant qu'épouse, je n'ai guère répondu à tes attentes, et tu me l'as signifié de la plus cruelle façon. Je suppose que tu veux faire annuler ce mariage, c'est ça ?

Il eut ce haussement d'épaules dont elle ne se souvenait que trop bien.

— Pour rendre public ce qui s'est passé entre nous ? Au bout de tant d'années, je doute que tu sois restée vierge ; et si tu ne l'es plus, il n'existe pas de preuve que notre mariage n'a pas été consommé.

Alicia retint le hoquet de dégoût qui lui montait aux lèvres.

— C'est ton problème, pas le mien. Je ne projette pas de me remarier. Désormais, je privilégie des relations moins aliénantes. Mais il faut que j'y aille, ajouta-t-elle après avoir jeté un coup d'œil à sa montre.

Francesco la lâcha si brusquement qu'elle chancela.

— *Va bene*. Si tu préfères fuir, une fois de plus…

En vain, elle chercha une repartie cinglante, et se contenta de tourner les talons et de s'éloigner d'un pas qu'elle espérait serein. Elle se retourna cependant pour regarder si Francesco la suivait des yeux dans la foule, mais la haute silhouette en imperméable noir avait disparu, et avec elle tout le plaisir qu'elle avait attendu de cette journée.

Tout en tentant de chasser de son esprit cette rencontre, elle se prépara pour la soirée. Une lotion-miracle transforma sa chevelure rebelle en un flot de boucles brillantes qu'elle releva en chignon sophistiqué avant de passer au maquillage. Mais le cœur n'y était pas et elle ne put endiguer le flot de souvenirs qui lui revenait à la mémoire…

2.

Sans savoir alors que sa vie allait en être définitivement bouleversée, Alicia avait décidé d'explorer seule Florence, en ce premier jour de vacances qui était aussi celui de son dix-huitième anniversaire.

Armée d'un plan de la ville, elle avait arpenté les ruelles anciennes aux noms fascinants, toute fière de réussir à atteindre sans aide la Piazza della Signoria. Les yeux grands ouverts derrière ses lunettes de soleil, elle se fraya un chemin à travers la foule et les pigeons en profitant de ce lieu qu'elle avait souvent admiré dans des livres d'art, et surtout dans son film préféré : *Chambre avec vue*.

Elle se dirigea vers le fameux Caffe Rivoire. En cherchant à éviter deux amoureux qui s'embrassaient, elle trébucha, lâcha son sac et heurta de plein fouet un homme qui s'était précipité pour le ramasser.

— *Mi dispiace*, dit-il d'une voix profonde tout en l'aidant à retrouver son équilibre.

Rouge de confusion, Alicia releva la tête et découvrit un visage hâlé encadré par une chevelure brune bouclée. Les quelques phrases d'italien qu'elle avait eu tant de mal à retenir désertèrent sa mémoire tandis qu'elle contemplait son sauveur, éblouie.

— Excusez-moi, c'est ma faute, finit-elle par articuler dès qu'elle eut retrouvé sa voix.

— Vous êtes anglaise, répondit-il en souriant. Mais vous tremblez, *piccola*. Vous vous êtes fait mal ?

— Non.

Elle était simplement bouleversée de se trouver devant cet homme ; un homme dont la photo ornait le mur de sa chambre…

— Après ce choc, vous avez besoin d'une boisson fraîche. Permettez-moi me présenter, Francesco da Luca.

C'était donc vrai ! Elle inspira profondément pour tenter de se calmer.

— Comment allez-vous ? Je m'appelle Alicia Cross.

Une fois installée à la terrasse du Rivoire, à l'ombre du store, elle ôta ses lunettes de soleil et son chapeau blanc flambant neuf. Elle sourit timidement en commandant un chocolat chaud.

— Il paraît que c'est leur spécialité, et j'allais justement ici en prendre un quand je vous ai heurté.

— Vous êtes en vacances à Florence, mademoiselle Cross ?

— Oui.

— Toute seule ? Si jeune ?

— Non. Je suis venue avec Megan, ma meilleure amie, mais elle a été malade dans l'avion, ce matin. Elle se repose à l'hôtel. Elle a insisté pour que je commence à découvrir la ville. Avant que je sorte, elle m'a donné une longue liste d'instructions.

— Je suppose que l'une d'elles est de ne pas parler aux inconnus ? demanda-t-il avec un sourire qui fit battre plus vite le cœur d'Alicia.

— En tête de liste. Pardon, se reprit-elle, je ne voulais pas vous vexer.

— Je ne suis pas vexé, mais charmé par vos *fossetti*.

Le mot ne figurait pas dans le lexique d'Alicia, mais elle était pratiquement sûre de son sens.

— Je les déteste, dit-elle en souriant au garçon qui déposait devant elle son chocolat, avant de le remercier en italien.

— Vous avez tort. Elles sont adorables.

— Pas pour moi, déclara Alicia, qui avala une gorgée de chocolat. J'ai essayé de les éliminer, mais rien à faire.

— J'ai peur que nous ne nous soyons pas bien compris. Pouvez-vous sourire de nouveau, *per favore* ?

Elle obéit, et son sourire s'élargit quand elle comprit qu'il parlait de ses fossettes — elle n'ignorait pas qu'elle en possédait deux qui creusaient ses joues quand elle souriait, ce qui ne lui plaisait pas spécialement non plus, d'ailleurs.

— Je croyais que vous faisiez allusion à mes taches de rousseur.

— Qui sont tout aussi charmantes !

Ne sachant que dire, elle se réfugia dans sa tasse de chocolat, un velours liquide, songea-t-elle en se félicitant d'avoir tant de chance. Enfin elle se trouvait à Florence, par un après-midi ensoleillé, sur une place à l'architecture magnifique ornée de superbes statues ! Et en compagnie de Francesco da Luca…

— A quoi pensez-vous ? lui demanda-t-il.

— Vous parlez très bien anglais, *signor* da Luca.

— *Grazie*. Cela m'est très utile dans mon travail. Et appelez-moi Francesco, je vous en prie.

Alicia savait que sa carrière sportive avait été très brève, mais ignorait tout de sa vie privée en revanche.

— Quel métier faites-vous ? Mais je suis indiscrète, ajouta-t-elle aussitôt en rougissant. Vous n'êtes pas obligé de me répondre.

Il hocha la tête avec amusement.

— Quel homme n'est pas ravi de parler de lui ? J'ai étudié le droit, ce qui m'est utile sans être mon métier. Je travaille dans le vin, les olives et le marbre. Et vous, Alicia, vous êtes encore au lycée ?

— Non. J'ai passé mon bac la semaine dernière. Si je l'ai réussi, j'irai à la fac en octobre.

— Vous êtes moins jeune que je ne le supposais, dit-il, surpris, en se penchant vers elle. Quel âge avez-vous ?

— Dix-huit ans.

Elle hésita et sourit pour faire apparaître ses fossettes. Délibérément.

— Aujourd'hui, en fait.

Il écarquilla les yeux et elle s'aperçut qu'ils étaient très clairs, entre le vert et le bleu. Une nuance délicate dans ce visage si viril.

— C'est votre anniversaire ! *Buon compleano !*

— Merci.

— Au lieu de chocolat, c'est du champagne que vous devriez boire, ou un verre de notre *prosecco.* Maintenant que vous êtes adulte, c'est autorisé, non ?

— Si je vous dis que je n'adore pas le champagne, vous allez rire ?

— Pas du tout, répondit-il avec une grande douceur.

Il y eut un silence. Alicia le fixa, fascinée par son regard, avant de murmurer :

— En fait, je sais qui vous êtes.

— Evidemment, puisque je vous ai dit mon nom.

— Je vous ai déjà vu jouer au rugby.

— *Davvero ?* s'exclama-t-il, l'air stupéfait.

Elle acquiesça et cita le tournoi auquel il avait participé.

— Peu de gens s'en souviennent ! Peu après, j'ai été blessé et je n'ai plus jamais rejoué. Mais vous, vous n'étiez qu'une petite fille. Vous m'étonnez.

— Qu'est-ce qui vous étonne : que je me souvienne de vous ou qu'une fille aime le rugby ?

— Les deux. Votre père jouait ?

— Je ne sais pas. Je ne l'ai pas connu, ajouta-t-elle presque malgré elle.

— *Mi dispiace.*

Elle haussa les épaules avec une feinte nonchalance.

— Je m'y suis intéressée parce que le père de ma meilleure amie était un vrai fan, son frère Gareth aussi. Toutes les deux, nous allions assister aux matchs de Gareth. Un jour, il nous a emmenées à une rencontre internationale au Millenium Stadium de Cardiff.

— Un stade très impressionnant.

— Ça vous manque de ne plus jouer ?

— Oui. Mais je n'aurais plus le temps, aujourd'hui. Je regarde les matchs à la télé. Et je suis les exploits de la Fiorentina, le club de foot local.

Alicia jeta un coup d'œil à sa montre et constata qu'ils étaient là depuis bien plus longtemps qu'elle ne l'aurait cru. En soupirant, elle remit ses lunettes et son chapeau.

— Il faut que je retourne auprès de mon amie. Merci pour le chocolat, et aussi d'avoir été si gentil avec moi.

Francesco se leva rapidement.

— Où séjournez-vous ?

Elle lui donna le nom de leur hôtel, un lieu tranquille un peu éloigné du centre.

— C'est une amie de ma mère qui nous l'a recommandé.

— *Bene.* Je vais vous y raccompagner. Je veux être sûr que vous y retourniez en toute tranquillité.

Si le trajet jusqu'à la Piazza della Signoria avait semblé plutôt long à Alicia, le retour avec Francesco lui parut beaucoup trop court. Elle lui dévoila ses projets de vacances comme si elle le connaissait depuis toujours — ce qui était le cas, d'une certaine façon. Arrivée devant l'hôtel, elle lui tendit la main.

— Merci encore. Quel merveilleux hasard de vous avoir rencontré ! Et quel plaisir ! ajouta-t-elle avec un timide sourire.

— Tout le plaisir a été pour moi, Alicia, répondit Francesco en lui baisant la main. J'espère que vous allez trouver votre amie guérie. *Arrivederci.*

Dans l'ascenseur elle contempla sa main comme si le baiser de Francesco y était gravé. Elle revint sur terre quand les portes se rouvrirent.

— Désolée de te tirer du lit, lança Alicia. C'est moi.

— Tu reviens beaucoup plus tôt que je ne l'aurais cru, s'étonna Megan.

— Je me faisais du souci pour toi. Comment te sens-tu ?

— Encore faiblarde, même si mon estomac s'est calmé. Demain, ça ira, mais c'est aujourd'hui ton anniversaire.

— On le fêtera demain. Pour l'instant, recouche-toi, tu es encore pâlotte.

— Raconte-moi tout ce que tu as vu, demanda son amie en se rallongeant.

— J'ai trouvé assez facilement la Piazza della Signoria, qui est aussi spectaculaire qu'on l'imagine. Une véritable galerie de sculptures en plein air. J'ai admiré le Palazzo Vecchio, mais sans y entrer, et, au-delà de la Fontaine de Neptune, la réplique du David et les statues de la Loggia dei Lanzi. L'Enlèvement des Sabines est très réaliste, mais je préfère Persée tenant la tête tranchée de Méduse.

— Et après, tu t'es offert un chocolat chaud d'anniversaire chez Rivoire ?

— En quelque sorte.

— Comment ça, « en quelque sorte » ?

Alicia reprit son souffle, les yeux brillant d'excitation.

— Tu ne devineras jamais sur qui je suis tombée.

— Je te lâche une seconde dans Florence et… Qui ?

Sur un ton dramatique, Alicia raconta comment son sac lui avait échappé et comment un homme s'était précipité…

— Malgré toutes mes mises en garde, tu t'es laissé voler !

— Décidément quelle mère-poule ! Figure-toi que sans lui, je serais sûrement tombée.

— Et ton sauveur, c'était un Italien ?

— Mais non, c'était le maire de Cardiff ! s'exclama Alicia avec un sourire narquois. Tu es bien assise ? Parce que tu vas avoir du mal à me croire. Mon sauveur, c'est Francesco da Luca.

Meg la fixa, bouche bée.

— L'ailier italien de ta galerie de photos ?

— En personne. L'objet de mes rêves d'enfant.

— Tu le lui as dit ?

— Bien sûr que non ! Mais je lui ai dit que j'étais fan de rugby.

— Et alors ?

— Il voulait m'offrir une boisson fraîche, pour que je me remette du choc, alors on s'est assis en terrasse au Rivoire, mais j'ai préféré un chocolat chaud. On a parlé longuement et, ensuite, il m'a raccompagnée ici. Ce doit être le destin qui m'a fait trébucher, ajouta-t-elle avec un sourire en coin.

— Et moi, ça me rend malade de ne pas avoir été là, déclara Meg d'une voix sombre. Mais je suis ravie que cette aventure te soit arrivée précisément pour ton anniversaire.

— Jamais ma mère ne voudra me croire !

— La mienne non plus. Dis donc, je serais incapable d'avaler quoi que ce soit, mais toi, tu dois mourir de faim.

— Pas vraiment, après le chocolat. Et toi, tu as l'air encore fatiguée. Rallonge-toi, je vais bouquiner un moment sur la terrasse, dit Alicia en sortant un livre de sa valise. Quel plaisir de lire un roman au lieu d'un vieux manuel scolaire ! Essaie de dormir un peu.

A peine assise à l'ombre d'un parasol, Alicia se rendit compte qu'elle était trop excitée pour se concentrer. Au lieu de lire, elle ferma les yeux en se remémorant chaque seconde passée avec Francesco. Elle rentra dans la chambre en se demandant si Meg serait capable d'avaler quelque chose.

— J'allais justement t'envoyer un texto, dit celle-ci en montrant à Alicia un bouquet posé sur la coiffeuse. Elles viennent juste d'arriver. C'est le réceptionniste qui les a apportées. Le petit bouquet d'œillets est pour moi, avec une carte qui me souhaite un prompt rétablissement, mais les roses sont adressées à Mlle Alicia Cross.

Alicia contempla avec délice les boutons crème à peine entrouverts. Le message lui souhaitait un joyeux anniversaire et priait Mlle Alicia Cross et son amie d'autoriser Francesco da Luca à les inviter à dîner le soir même. Il rappellerait à 20 heures pour savoir si elles acceptaient.

— Si on accepte ? Mais c'est fantastique ! s'écria Meg, le visage encore pâle mais les yeux brillants. Alors, enfile vite ta plus belle robe, ma petite. C'est ta soirée !

— Pas question de te laisser de nouveau seule. Quand Francesco appellera, je lui dirai que tu n'es toujours pas très bien et je le remercierai en lui proposant de remettre à une prochaine fois son invitation.

— Tu veux rire ? Il n'y aura pas de prochaine fois ! Il faut que tu y ailles. Si tu as des doutes, appelle d'abord ta mère pour voir ce qu'elle en dit.

— Si je le fais, elle dira non.

— Tu as vraiment envie de sortir avec Francesco ?

— Evidemment. Mais j'aurais préféré que tu te sentes assez bien pour venir.

— Moi aussi. Pourtant, la seule idée de nourriture suffit à me donner des nausées. Tu diras à Francesco que je regrette. Peux-tu demander qu'on me monte un thé ? Ensuite, file sous la douche et prépare-toi à passer un super anniversaire.

Alicia ne mit pas trop longtemps à se laisser convaincre.

— J'ai emporté la robe que maman m'a offerte pour

mon anniversaire. Tu crois que je peux la porter ce soir ? demanda-t-elle en la tenant plaquée devant elle.

— Bien sûr. Ce beige subtil te va à ravir, Bron a bien choisi.

— J'aurais préféré un fourreau noir sans bretelles, soupira la jeune fille, mais elle n'a pas voulu.

Soudain, elle recula et alla raccrocher la robe dans le placard.

— Ecoute, je ne suis pas certaine que cette soirée soit une bonne idée. Je vais plutôt rester avec toi.

— Tu rêves ! Si tu laisses tomber le prince charmant, tu te le reprocheras toute ta vie. Allez, enfile la lingerie que je t'ai offerte et maquille-toi. Je t'aiderai à te coiffer.

Toute sa vie, Alicia avait rêvé d'avoir les cheveux noirs et raides, comme Meg. Pour dompter ses épaisses boucles cuivrées, elle avait l'habitude de les natter, mais en cette grande occasion, son amie lui fit un brushing et lui conseilla de les laisser libres sur ses épaules.

— Regarde, c'est superbe. Enfile ta robe, je vais m'allonger pendant que tu termines, dit Meg en s'écroulant sur le lit avec un soupir de soulagement.

— Tu as l'air crevée.

— Mais non, je vais bien. Et maintenant, tes nouvelles sandales. Tourne-toi un peu que je voie.

— J'espère que je n'aurai pas trop à marcher avec, dit Alicia en faisant la grimace.

Elle transféra quelques menus objets dans une pochette, cadeau des parents de Meg.

— Tu es certaine que ça va aller ? reprit-elle. Si tu as besoin de moi, n'hésite pas à m'appeler sur mon nouveau téléphone.

— Je me débrouillerai parfaitement toute seule. Je vais lire ou regarder la télé. Vas-y, et profite bien de ta soirée.

Dans l'ascenseur, Alicia éprouva une bouffée d'angoisse.

En la voyant arriver seule, Francesco risquait de croire que c'était dans ses habitudes, alors que les seuls garçons qu'elle fréquentait, c'était Gareth et ses amis. Pour eux, elle n'était encore qu'une gamine couverte de taches de rousseur.

Au moment où elle arrivait dans le hall, elle aperçut le bel Italien qui entrait. Dans son élégant costume de lin, il correspondait tellement à ses rêves qu'elle dut se pincer pour se convaincre que ce qui lui arrivait était bien réel…

— *Buena sera*, dit-il en lui prenant la main. Mademoiselle Cross, vous êtes adorable.

— Merci, répondit-elle avec un timide sourire. Meg et moi vous remercions pour les fleurs, mais il y a un problème…

— Vous ne pouvez pas dîner avec moi ?

— Meg n'est pas complètement remise. Ça ne vous gêne pas que nous dînions tous les deux ?

Dans le regard de Francesco, elle vit s'allumer une lueur qui lui fit battre le cœur plus vite.

— C'est parfait. Je serai très honoré de fêter avec vous votre anniversaire.

Il guida Alicia dans la nuit embaumée qu'éclairaient les étoiles.

— Nous dînerons à Santa Croce. Vous croyez que vous allez pouvoir marcher jusque-là avec ces chaussures ?

Elle acquiesça avec ferveur, au risque d'avoir des ampoules le lendemain. Dans l'ombre, on entendait la nuit florentine, vibrant de bruits divers et de vie. Alicia inspira un grand coup, comme pour en aspirer le nectar, tandis que Francesco la guidait à travers la Piazza della Signoria, où les terrasses étaient bondées. Elle aperçut Neptune dans sa fontaine, brillant d'une lueur argentée sous les lampadaires, entouré de sa ronde de Néréides.

Puis les yeux d'Alicia se fixèrent sur la Loggia dei Lanzi, où Persée brandissait toujours son horrible trophée.

— Vous aimez cette statue ? questionna Francesco.

Elle acquiesça avec enthousiasme.

— Ici, j'aime tout. Cela fait si longtemps que j'attends ces vacances que je craignais d'être déçue. Mais votre ville est encore plus belle que je ne me l'imaginais.

— Oui, elle est belle. Mais ce n'est pas ma ville. Je suis là pour quelques jours et pour affaires. Je vis à Montedaluca.

Comme ils longeaient la façade illuminée de l'église Santa Croce, il vint brusquement à l'esprit d'Alicia que dans cette ville, il avait peut-être une femme et une famille. Elle aurait dû y penser avant…

Francesco s'arrêta devant l'ancien palais qui abritait le restaurant.

— Vous avez un souci ? s'enquit-il dans cet anglais lent et précis qui l'avait surprise dès le départ.

Elle s'était imaginé que les Italiens parlaient fort, avec de grands gestes, mais de Francesco da Luca émanait une impression de calme intérieur absolument fascinante.

— Qu'est-ce qui vous trouble, Alicia ?

— Vous êtes marié ?

— Je vois. Et si je disais oui ?

— Je rentrerais tout de suite à l'hôtel.

Pour y pleurer dans son oreiller…

— Sans dîner d'anniversaire ? Dans ce cas, *cara*, je suis ravi d'être resté célibataire. Ni femme ni *fidanzata*.

— Qu'est-ce que ça signifie ?

— Une fiancée. Si j'en avais eu une, ajouta-t-il sur un ton plus sérieux, je ne vous aurais pas proposé de me tenir compagnie ce soir.

— Il fallait que je pose la question.

— *Naturalmente*, dit-il avant de lui prendre la main. Et maintenant, si nous dînions ?

Une femme élégante les guida à travers la salle bondée vers un petit groupe de tables pour deux dressées sur une estrade. Tandis que Francesco lui avançait une chaise, Alicia jeta un coup d'œil aux murs couverts de fresques représentant des chevaliers du Moyen Age aux visages hautains sur leurs chevaux cabrés. A la lumière vacillante des chandeliers posés sur les tables, elle crut voir s'animer la meute des chiens de chasse. Soudain, elle eut une pensée pleine de gratitude pour sa mère qui, avec un goût très sûr, lui avait offert cette robe dont la simplicité s'accordait si bien à ce cadre.

Sur son assiette, elle découvrit une rose d'un blanc crémeux. Elle leva vers Francesco un regard conquis et le remercia. Il avait l'air très à l'aise dans cet environnement.

— Je l'ai choisie car ses pétales ont exactement la couleur et le velouté de votre peau.

— Merci de faire de mon anniversaire une si belle fête.

— Tout le plaisir est pour moi, déclara Francesco tandis que le serveur remplissait leurs verres. *Allora*, même si vous n'adorez pas le champagne, il faut en boire une gorgée pour que la fête soit complète. Bon anniversaire, Alicia.

Elle lui sourit tandis qu'il levait son verre pour trinquer avec elle, et avala une gorgée pour lui faire plaisir. Ce champagne était un pur nectar.

— C'est délicieux, reconnut-elle, stupéfaite.

— Je suis heureux qu'il vous plaise. Et maintenant, qu'avez-vous envie de manger ?

Elle jeta un coup d'œil au menu.

— M'aiderez-vous à choisir ?

— Je ferai tout ce que vous voudrez, *cara*, dit-il, le regard brillant dans la lueur des bougies.

On leur servit un délicieux assortiment d'*antipasti*, puis de l'agneau aux artichauts. Alicia était tellement aux anges qu'elle accorda peu d'importance à ce qu'elle mangeait, tandis qu'ils conversaient dans leur petite oasis privée, au-dessus des autres dîneurs.

— Où êtes-vous allée au lycée, Alicia ?

— Dans un couvent. Quand les sœurs ont appris que nous allions à Florence, elles nous ont dit de visiter Santa Croce. L'église, pas le restaurant…

— Vous êtes catholique ?

— Oui. Et vous ?

— Moi aussi, mais moins dévot que ne le souhaiterait ma mère.

— Moi non plus, je ne suis pas aussi dévote que Bron.

— Bron ?

— Ma mère, Bronwen. Comme je vous l'ai dit, je n'ai jamais connu mon père. Le vôtre vit-il encore ?

— Non. Mes parents se sont mariés tard et il est mort quand j'étais jeune.

— J'en suis désolée, dit-elle en lui touchant la main. Vous avez des frères et des sœurs ?

— Non.

— Donc votre mère n'a que vous ?

— *Davvero*, acquiesça-t-il d'un air sombre. Je vous proposerais bien un peu plus de champagne, mais peut-être vaut-il mieux que vous vous en teniez à un verre ?

— Vous avez raison, dit-elle en regardant sa montre avec un léger soupir. Cette soirée a été merveilleuse, Francesco, mais je dois rentrer rejoindre Meg.

En quittant le restaurant, Alicia trébucha sur ses talons vertigineux. Francesco lui prit la main pour la stabiliser et la garda tandis qu'ils cheminaient vers l'hôtel. Le contact tiède et ferme de ses doigts lui parut le couronnement de la soirée.

Comme ils approchaient, il s'arrêta dans une ruelle tranquille.

— Demain, je dois travailler toute la journée, mais le soir, accepterez-vous de dîner de nouveau avec moi ? Avec votre amie, si elle se sent mieux.

— Je dois d'abord lui en parler, objecta-t-elle, ravie.

— Vous avez un numéro de *telefonino* ?

Elle le lui donna de bonne grâce.

— Pour vous souhaiter bon anniversaire, il n'est rien d'aussi délicieux qu'un baiser, déclara alors son compagnon.

Il la prit dans ses bras dans l'ombre. Elle resta immobile, le cœur battant. Elle avait tant attendu, tant espéré qu'il l'embrasse. Elle en avait tant rêvé chaque nuit quand elle s'endormait après avoir jeté un dernier regard à sa photo.

Il se pencha pour lui effleurer les lèvres, mais elle lui répondit avec tant de fougue qu'elle sentit son corps athlétique se tendre contre le sien. Il resserra son étreinte tandis que les lèvres d'Alicia s'ouvraient et que leurs langues se fondaient dans une caresse qui les laissa le souffle court.

Brusquement, il s'écarta d'elle.

— *Mi dispiace*, murmura-t-il d'une voix rauque. Je ne m'attendais pas…

— Moi non plus, dit-elle en inspirant profondément. Jamais personne ne m'a embrassée de cette façon.

Il eut un petit sourire de mâle triomphant avant de l'embrasser de nouveau.

— Alicia Cross, vous m'enchantez ! Je vous appellerai demain soir.

— Mais je n'ai pas encore accepté !

— Eh bien acceptez maintenant, *tesoro*, commandat-il en la fixant droit dans les yeux. Dites-moi : « Oui, Francesco, je serai ravie de dîner avec vous demain ».

Alicia rassembla tout ce qui lui restait de volonté.

— Appelez-moi demain pour savoir si Meg est d'accord.

Il prit une de ses boucles entre ses doigts pour la lui ramener derrière l'oreille.

— *Va bene*, mademoiselle Cross, dit-il en lui prenant la main pour la guider vers l'entrée de l'hôtel. *A domani*.

3.

Francesco appela si tôt le lendemain qu'Alicia n'eut même pas à se demander s'il allait le faire ou pas.

— Quoi qu'il suggère, dis oui, lui avait intimé Meg en dévorant son petit déjeuner.

— *Buon giorno*, Alicia. Comment allez-vous aujourd'hui ?

— Bonjour. Très bien, et vous ?

— En pleine expectative, répondit-il d'une voix de velours. Votre amie va mieux ?

— En grande forme, déclara Alicia en poussant vers Meg le dernier petit pain.

— *Eccelente*. Transmettez-lui tous mes vœux. Acceptez-vous de dîner toutes les deux avec moi ce soir ?

— Merci. Nous en serons ravies.

Elle leva les yeux au ciel en voyant Meg faire un V de ses doigts d'un air triomphant.

— *Bene*. Que faites-vous aujourd'hui ?

— Du tourisme.

— Ne vous fatiguez pas trop, *cara*. Je vous appellerai à 20 heures. *Ciao*.

— *Ciao*, répondit-elle avant de raccrocher. Alors, Megan, contente ? Nous avons rendez-vous !

— Tu aurais pu lui demander d'amener un ami.

— N'en demande pas trop.

— Je n'adore pas tenir la chandelle.

— Rien à voir ! protesta Alicia. Francesco est seulement

un homme très gentil qui a pitié de deux jeunes Galloises perdues dans Florence.

— Si tu lui as parlé du couvent, j'espère que tu as bien précisé que nous y sommes seulement allées à l'école et que nous ne sommes pas des nonnes, plaisanta Meg.

— Je pourrais très bien en être une : je ne suis jamais sortie avec un garçon.

— Uniquement parce que tu es très difficile et que Rhys Evans était déjà pris.

— Tu lui as mis le grappin dessus dès le premier soir où Gareth l'a invité à dîner chez vous. Allez, sortons ! On perd notre temps ici.

— N'oublie pas de te tartiner d'écran solaire et de mettre tes lunettes et ton chapeau.

— Oui, mère-poule.

Meg et elle visitèrent un maximum de lieux pendant la journée. Elles admirèrent les tombeaux de Michel-Ange et de Galilée à Santa Croce, s'émerveillèrent devant le Duomo et la coupole de Brunelleschi et, après avoir fait la queue durant des heures, s'extasièrent en contemplant le superbe David de Michel-Ange.

Au prix d'une longue attente, elles finirent par pénétrer au musée des Offices, où elles fendirent la foule pour atteindre le *Printemps* de Botticelli. Puis elles achetèrent des paninis au jambon et pique-niquèrent dans les Jardins de Boboli.

Dans les ruelles d'Oltrarno — littéralement, « de l'autre côté de l'Arno » —, elles s'intéressèrent aux artisans qui vendaient des miroirs encadrés de bois sculpté, des cadres ou d'élégants sacs en cuir souple. Elles s'enthousiasmèrent devant les bijouteries du Ponte Vecchio et les stylistes de la Via Tuornabuoni, fantasmant sur ce qu'elles achèteraient si elles étaient riches.

Chaque soir, Francesco les emmenait dîner et écoutait le récit de leurs aventures. Dès leur première rencontre, Meg n'avait plus craint de tenir la chandelle. Comme elle l'avoua à Alicia, il était aussi élégant et charmant qu'elle s'y attendait, et si bien élevé qu'elle avait l'impression qu'il était ravi de sa présence.

Dès le premier soir, elles lui avaient clairement dit qu'elles tenaient à payer leur part. Au grand soulagement d'Alicia, il les avait conduites dans une petite *trattoria* gaie et pleine à craquer, très différente du restaurant où il l'avait invitée la veille. Meg avait adoré et, après son jeûne forcé, avait plongé avec délice dans un plat de raviolis aux crevettes. Quand vint l'addition, Francesco régla tout. Alicia lui remboursa les deux tiers de la note dès qu'ils furent ressortis du restaurant.

— C'est notre part, lui expliqua-t-elle, si fermement qu'il finit par accepter les billets qu'elle lui tendait.

— Pour cette fois seulement. *Allora*, quel est votre programme pour demain ?

Quand ils furent revenus à l'hôtel, Meg déclara qu'elle devait appeler son copain. Après avoir remercié Francesco pour cette excellente soirée, elle se retira dans sa chambre, laissant Alicia seule avec le bel Italien.

— Non seulement votre amie est charmante, constata ce dernier, mais elle est pleine de tact. Elle a vraiment un copain au Pays de Galles ?

— Oui. Rhys est très épris d'elle.

— Elle est très attirante, c'est vrai. Pas seulement physiquement, mais aussi par sa personnalité. Avez-vous un copain qui vous attend, Alicia ?

Elle aurait aimé répondre qu'ils étaient nombreux à compter les heures avant son retour, mais préféra la vérité.

— Non.

— *Ottimo !*

Il lui baisa la main, avant de la prendre dans ses bras pour embrasser ses lèvres.

— Je vous appellerai toutes les deux demain à 20 heures. Cette fois, c'est moi qui paierai, et pas d'*argomento* !

Ces vacances de rêve passèrent bien trop vite. A la fin, elles décidèrent que leur lieu préféré était le Bargello, une ancienne prison devenue musée de sculptures, où Meg s'était enflammée pour le bronze de David par Donatello.

— Avec son petit chapeau et ses bottes, il est trop mignon !

— Comment peux-tu employer « mignon » pour qualifier cette superbe œuvre d'art ? la taquina Alicia.

Le dernier jour, elle voulut acheter quelques cadeaux dans le quartier de San Lorenzo. Elle ne pensait qu'au moment où il lui faudrait dire adieu à Francesco. En voyant son air abattu tandis qu'elles regagnaient leur hôtel, Megan lui conseilla d'appeler l'Italien.

— Demande-lui si on peut dîner de bonne heure ce soir.

— Pourquoi ?

— Quand on rentrera après le repas, je dirai que je dois appeler ma mère et Rhys, et vous pourrez passer une heure seuls tous les deux. Ne discute pas !

— Merci, répondit Alicia en serrant son amie dans ses bras.

— Tu l'as fait assez souvent pour Rhys et moi. Maintenant, c'est mon tour.

Quand elle entendit la voix si particulière de Francesco prononcer « *Pronto* », Alicia retint sa respiration.

— C'est moi, Alicia.

— *Que cosa ?* Un problème ?

— Non. C'est seulement que Meg… Enfin… On se demandait si on ne pourrait pas dîner plus tôt ce soir. Parce qu'on doit faire nos bagages et…

— Mais bien sûr. Je serai là à 19 heures.

— *Grazie*, Francesco. *Ciao*.

— Parfait, déclara Meg. Il a beau ne jamais me donner l'impression que je suis de trop, il n'en rêve pas moins de passer un moment seul avec toi.

— Moi aussi, je ne pense qu'à ça, reconnut Alicia, avec un enthousiasme qui lui valut un regard surpris de son amie.

— Pourtant, tu n'as jamais jusque-là manifesté le moindre intérêt pour aucun homme ; sauf sur un terrain de rugby et couvert de boue.

— Meg, je suis réellement folle de lui, avoua Alicia en baissant les yeux.

— Je m'en suis rendu compte, et ça m'effraie.

— Pourtant, tu éprouves les mêmes sentiments pour Rhys, non ?

— C'est différent. Tu connais à peine Francesco.

— J'ai l'impression de le connaître depuis toujours ! Peut-être l'ai-je rencontré dans une autre vie ?

— Tu m'inquiètes, Alicia.

— Tu as tort. Grâce à lui, on a passé des vacances fabuleuses à Florence. Ce soir, j'aurai du mal à lui dire adieu.

— Je sais, et j'ai voulu vous réserver un moment de solitude. Mais tâche d'être rentrée à minuit, Cendrillon, ajouta-t-elle en agitant un index menaçant.

Ce soir-là, au moment de rentrer à l'hôtel après le dîner, Megan s'adressa à Francesco :

— Pour vous remercier de tous ces restaurants que je n'aurais jamais connus sans vous, je veux vous faire un cadeau d'adieu.

— C'est inutile, *cara*, dit-il en lui jetant un regard surpris. Je me suis beaucoup plu en votre compagnie.

— Je le sais, sinon, je n'aurais pas tant apprécié moi-même la vôtre. Mais maintenant, je vais monter faire mes bagages, et vous aurez Alicia tout à vous pour une heure.

Francesco se pencha pour l'embrasser sur les deux joues.

— Vous êtes adorable. *Mille grazie*, Meg. Etes-vous d'accord ? demanda-t-il à Alicia, avec un sourire qui lui mit le cœur sens dessus dessous.

Avant qu'elle puisse répondre, Meg s'était déjà éclipsée. Francesco la prit par la main et l'entraîna vers la Piazza della Signoria.

— Je vais vous faire une proposition, dit-il d'une voix soudain plus grave. Mais vous pouvez dire non, *tesoro*.

Alicia, qui ne s'imaginait pas lui refuser quoi que ce soit, le dévisagea, surprise.

— Vous ne m'avez jamais demandé où j'habitais, reprit-il.

— Je pensais que vous étiez descendu dans un grand hôtel.

— Non, je possède un appartement à Florence.

— Pour vos voyages d'affaires ?

— Officiellement, oui, répondit-il avec un sourire en coin. Mais en réalité, c'est mon *refugio*, un sanctuaire où je viens me détendre des obligations de ma vie à Montedaluca. Je pensais n'y passer que deux jours, mais je vous ai rencontrée et je n'ai pas pu quitter Florence avant vous.

Le pouls d'Alicia s'accéléra.

— Votre proposition, c'est de prendre un café dans votre appartement ?

— Oui, *carina*. Accepteriez-vous ?

— Bien sûr. C'est loin d'ici ?

— Non, dit-il en désignant l'un des immeubles de la *piazza*.

L'appartement était impressionnant, avec ses hauts plafonds à caissons et son mobilier très contemporain.

— Cet immeuble faisait partie de la dot de ma mère. J'en assure la gestion avec plaisir, car cela me permet de m'échapper de Montedaluca. Mais regardez, dit-il en la guidant vers une haute fenêtre, dont il ouvrit les volets.

Elle poussa un tel sifflement qu'il l'attira à lui en riant.

— « Chambre avec vue », murmura-t-elle, émerveillée. Et quelle vue !

Située en face du Palazzo Vecchio, la fenêtre offrait une perspective splendide sur la Loggia dei Lanzi et presque toute la Piazza della Signoria.

— De là, vous pouvez admirer Persée autant que vous voudrez, dit-il doucement après s'être éclairci la gorge. Je vais préparer le café.

— Pour le temps qu'il nous reste, ne vaudrait-il pas mieux rester assis et bavarder ?

Il ôta sa veste et la guida vers un canapé.

— *D'accordo.* Il faut d'ailleurs que nous parlions.

Il s'assit près d'elle et la prit par l'épaule. Elle se nicha contre lui dans un élan confiant. Il rit doucement.

— Si tendre et si innocente…, murmura-t-il.

— J'ai beau avoir été à l'école dans un couvent, je n'ai pas prononcé de vœux.

— Je vous en suis passionnément reconnaissant.

Sur ces mots, il l'embrassa. Convaincue qu'elle ne le reverrait jamais, Alicia répondit à son baiser avec une flamme teintée de désespoir. Il l'attira sur ses genoux. Elle retint son souffle, excitée de sentir le cœur de Francesco battre contre le sien. Ravie de l'effet qu'elle produisait sur lui, elle lui rendit ses baisers avec une ferveur grandissante, transportée.

Il finit pourtant par s'écarter d'elle.

— *Tesoro*, excuse-moi.

— De quoi ? J'avais envie que tu m'embrasses.

— Je sais.

— Comment le sais-tu ?

— Tu n'as pas cherché à le cacher, *carina.* Mais si tu

embrasses un homme de cette façon, il risque d'en vouloir davantage.

— C'est ton cas ?

— Oui. Mais je n'en exigerai pas plus.

— Pourquoi pas ?

— Pour de nombreuses raisons, répondit-il en se passant la main dans les cheveux. Tu es jeune, dans un pays étranger, et tu es vierge, n'est-ce pas ?

— C'est vrai.

Elle se lova contre lui. A travers le fin tissu de sa robe, elle percevait son érection. Et maintenant ? se demanda-t-elle, anxieuse. Fallait-il rester là et faire comme si de rien n'était ou s'échapper en prétextant qu'il était temps qu'elle rentre ? Il n'était pas encore minuit. Elle n'avait nulle envie de partir. Elle aurait tant voulu qu'il lui fasse l'amour, qu'il soit son premier amant, même si c'était la dernière fois qu'elle le voyait !

— Francesco, dit-elle dans un souffle, le fixant droit dans les yeux pour qu'il lise le désir dans les siens.

A sa grande déconvenue, il se leva et la remit sur pieds.

— *Carissima*, ne me regarde pas comme ça. Je ne suis pas de marbre, contrairement à ces statues, dit-il avec un geste en direction de la fenêtre. Je suis de chair et de sang. Tu sais très bien que je te désire. Quand Megan nous a accordé ce moment à tous les deux, je me suis dit que je serais content de te parler, tout simplement. Mais je suis un homme…

— Et moi, une femme, murmura-t-elle. Fais-moi l'amour, s'il te plaît.

— *Dio !* Il ne faut pas dire ça.

— Pourquoi pas ?

— Je t'ai désirée dès que je t'ai vue, au Rivoire. Quand tu as ôté tes lunettes, ton chapeau, et que j'ai vu tes grands yeux sombres, j'ai eu envie de t'embrasser. Je me suis senti… comment dit-on ? Ensorcelé ?

Alicia n'en revenait pas d'entendre ces mots dans la bouche de Francesco.

— Moi qui croyais que tu n'aimais pas mes taches de rousseur !

Le regard du bel Italien s'adoucit et il effleura du doigt les pommettes d'Alicia.

— Tes taches de rousseur, je les adore. Et je t'adore, toi aussi. Au point de ne pas accepter le précieux cadeau que tu veux m'offrir. Ou du moins, ajouta-t-il sur un ton qui la fit trembler, pas ce soir.

— Mais je rentre demain ! protesta-t-elle.

Il la fit rasseoir.

— Asseyons-nous et profitons des derniers moments qui nous restent avant quelque temps.

— Avant *quelque temps* ?

— Je dois rentrer à Montedaluca, dit-il en lui prenant la main. Mais très bientôt, j'irai te voir chez toi.

— Tu es sérieux ? demanda-t-elle en écarquillant les yeux.

— Tu n'as pas envie que je vienne ?

— Tu sais bien que si ! Mais même dans mes rêves les plus fous, jamais je ne m'imaginais te revoir.

— Je t'ai déjà dit que je t'ai désirée dès le premier regard. Et toi ?

— Moi aussi, répondit-elle avec un sourire mutin. Mais il est temps que je te raconte une petite histoire, Francesco.

Il l'embrassa sur le nez avant de lui prendre la main.

— Je suis tout ouïe, *diletta mia*.

— Il était une fois une gamine qui remarqua un jour, dans un magazine de rugby, la photo d'un ailier de Trévise qui marquait un essai spectaculaire. La gamine fut si impressionnée qu'elle découpa la photo et l'ajouta à sa galerie de stars du rugby, épinglée sur le mur au-dessus de son lit.

La stupéfaction se peignit sur les traits de Francesco.

— C'est impossible !

— Les jeunes filles élevées au couvent ne mentent jamais. Depuis, chaque soir, ton visage a été la dernière chose que j'ai regardée avant de m'endormir. Et lorsque je t'ai bousculé, sur la *piazza*, je n'en ai pas cru mes yeux.

— *Un miraculo !* s'exclama-t-il avant de l'embrasser doucement. Cet après-midi-là, je me sentais trop nerveux pour me concentrer sur mon travail. Soudain, j'ai éprouvé le besoin impérieux de sortir. C'est le destin qui m'a placé sur ton chemin, et jamais je ne te laisserai échapper. *Ti amo*, Alicia Cross. Je dois traduire ?

Elle hocha négativement la tête, un sourire radieux aux lèvres.

— Moi aussi je t'aime, Francesco da Luca.

— Assez pour m'épouser et venir vivre avec moi à Montedaluca ?

— Oui, répondit-elle sans hésiter.

Il l'embrassa avec fougue et elle lui répondit de même.

— Je te désire passionnément, dit-il en ensevelissant le visage dans ses cheveux.

— Fais-moi l'amour, Francesco. Maintenant. Mais il te faudra me dire ce que je dois faire.

En gémissant, il la serra contre lui.

— Je prendrai un immense plaisir à t'enseigner l'art d'aimer, *tesoro*, mais pas avant notre nuit de noces.

— Pourquoi pas maintenant ?

— Parce que je veux que notre première nuit soit parfaite, que nous prenions notre temps. La semaine prochaine, j'irai à Cardiff demander ta main à ta mère. Acceptera-t-elle ?

— Je n'en suis pas certaine. Elle voudrait que j'aille à l'université.

— Pour l'amour de Dieu, ne me force pas à attendre aussi longtemps. La vie est courte, *carissima*, chuchota-t-il tout contre ses lèvres. Ne la gaspillons pas. Ne crois-tu pas que le destin a voulu nous réunir ?

Certes, mais le faire admettre à sa mère serait plus difficile, songea Alicia.

— Bron fera tout pour me dissuader.

— Tu l'appelles par son prénom ?

— Oui. Tu risques d'être surpris en la voyant, car elle a l'air très jeune. Ecoute, si nous devons vraiment nous marier...

— Tu en doutes ? coupa-t-il. Crois-moi, *amore*, tu seras ma femme dès que possible, et rien ne pourra jamais me faire changer d'avis.

4.

Alicia entra dans l'hôtel où devait avoir lieu la fête. Elle ôta son imperméable et se dirigea vers la salle de réception, décorée de fleurs, qui dominait la baie de Cardiff. Elle vérifia auprès du maître d'hôtel que les canapés étaient prêts, ainsi que le champagne au bar. Puis elle fit signe au pianiste de commencer à jouer, avant de retourner dans l'entrée pour accueillir en souriant le premier groupe d'invités.

— C'est impeccable, Alicia, lui chuchota David Rees-Jones. Excellent travail.

— Merci, répondit-elle en souriant, ravie, au directeur du marketing de la fédération.

Durant l'heure qui suivit, son attention se concentra exclusivement sur la réussite de l'événement. Elle fit en sorte que la presse ait accès non seulement aux sponsors, mais aussi aux stars présentes. Les boissons avaient été servies assez rapidement pour que le dîner soit à l'heure — tant mieux, car elle n'avait rien avalé depuis le petit déjeuner.

Tandis qu'elle rejoignait les invités, David la retint par le bras.

— Alicia, il y a un type qui prétend te connaître. J'ai joué contre lui dans un match contre l'Italie.

Elle se raidit tandis que l'ancien trois-quarts centre de Cardiff l'entraînait à travers la foule pour rejoindre l'homme qui regardait par une fenêtre.

— Tu te souviens de Francesco da Luca ? Comment vous êtes-vous rencontrés ?

— C'était il y a des années, à Florence, dit Francesco avant de baiser la main d'Alicia. *Com'esta ?* Tu es très en beauté ce soir.

— Alicia est en beauté tous les soirs, rétorqua David.

Il s'inclina devant elle et lui demanda de l'excuser : il devait aller accueillir de nouveaux invités.

— Qu'est-ce que tu fais ici ? demanda-t-elle à Francesco avec un sourire crispé.

— J'ai reçu une invitation.

— De David ?

— Non, dit-il en l'entraînant vers un coin discret de la salle. Hier soir, j'ai dîné avec de vieux amis, d'anciens joueurs qui m'ont présenté à John Griffiths. C'est lui qui a eu la gentillesse de m'inviter.

Tout en faisant mine de regarder par la fenêtre la plus proche, Alicia réfléchissait. Si Francesco avait été invité par le président lui-même, il fallait bien qu'elle s'en accommode.

— Tu es là pour longtemps ? s'enquit-elle poliment, comme si c'était un parfait étranger.

— Aussi longtemps que nécessaire. Et j'insiste pour que nous parlions, dès ce soir.

— Non. Nous n'avons rien à nous dire.

— Mais si, Alicia, insista-t-il en lui prenant la main. Et quand la fête sera terminée, je te raccompagnerai chez toi.

— En ce qui nous concerne, la fête est terminée depuis longtemps.

Il resserra l'emprise sur son poignet.

— Tu te trompes, *contessa*.

— Je ne me trompe pas, et ne m'appelle pas ainsi ! Maintenant, laisse-moi partir : on va servir le dîner.

— Attends, ordonna-t-il. Pourquoi ta mère a-t-elle quitté Blake Street ?

Consciente des regards qui se tournaient vers eux, Alicia continua à sourire, comme si Francesco et elle échangeaient des propos anodins.

— Elle s'est mariée.

— Tu t'entends bien avec son mari ? demanda-t-il en la lâchant.

— Très bien. Et maintenant, je dois y aller.

— Pas avant de m'avoir dit où tu habites.

Elle leva les yeux au ciel. De toute façon, obstiné comme il l'était, Francesco finirait bien par le savoir.

— Je loue un appartement tout près d'ici, dans la baie.

— Tu vis seule ?

Elle acquiesça et tourna les talons pour se frayer un chemin à travers la foule.

Après le repas et les discours, qui lui parurent interminables, Alicia prit son imperméable et gagna le hall. Elle y retrouva les cadres, les sponsors et leurs invités, qui attendaient des taxis. Parmi eux, Francesco da Luca.

— Bien joué, Alicia. La fête de ce soir a été un triomphe pour le Pays de Galles, tout autant que le match, déclara John Griffiths, satisfait. Pouvons-nous vous déposer quelque part ?

— J'ai un taxi qui attend, intervint vivement Francesco.

— Ah ! Ah ! s'esclaffa John. Nous vous laissons entre de bonnes mains.

On échangea des bonsoirs et, avant qu'Alicia ait pu protester qu'elle vivait assez près pour rentrer à pied, elle était déjà embarquée et donnait au chauffeur son adresse — dont Francesco prit note avec intérêt.

De toute manière, elle lui devait cette information, songea-t-elle, résignée. Depuis le mariage surprise de Bron et son emménagement à Cowbridge, chez son mari, Francesco n'avait pu aucun moyen d'obtenir de ses nouvelles. Sans doute désirait-il se remarier pour engendrer un héritier, et se contenterait-il de lui envoyer des papiers à signer.

Le court trajet jusqu'à son domicile se fit en silence, Francesco paya le chauffeur et suivit Alicia dans le hall de son immeuble. Quelques instants après, ils pénétraient dans son salon, dont une porte-fenêtre s'ouvrait sur un minuscule balcon dominant la baie.

— Toi aussi tu as une « pièce avec vue ».

Elle fit taire les souvenirs que réveillaient en elle la remarque de Francesco.

— C'est pour cette raison que je n'ai pas pu résister. Même si la piscine en sous-sol et le parking font grimper le loyer. Tu veux boire quelque chose ? Un café ? J'ai une bouteille de vin très acceptable.

— *Grazie*, rien. Mais asseyons-nous.

Du regard, il fit le tour de la pièce : un petit canapé, une seule chaise, ce n'était pas le grand confort, loin de là. Alicia enleva son imperméable. Maintenant qu'elle se retrouvait seule avec Francesco, sa robe qui dénudait une épaule lui semblait soudain trop courte. Elle prit un cardigan noir et s'en enveloppa avant de rejoindre son invité indésirable. Elle s'assit sur la chaise, qu'elle rapprocha du canapé.

— Je te préviens, lança-t-elle, je suis fatiguée et j'espère que ça ne prendra pas trop longtemps.

Il s'assit à son tour, tout en fixant sur son cardigan un regard amusé.

— Si tu cherches à te dissimuler, c'est plutôt raté, dit-il en la scrutant d'un œil déstabilisateur. Tu n'es plus la gamine que j'ai connue.

Lui aussi avait changé. Son visage était plus dur, plus marqué, mais non moins attirant que lorsqu'elle l'avait découvert sur cette photo où il plongeait pour marquer un essai.

— J'ai grandi, Francesco. Ça m'a pris plus de temps

qu'à d'autres, mais le traitement que vous m'avez infligé, la *contessa* et toi, m'a rendue rapidement adulte.

— Ma mère est décédée, lui rappela-t-il, les dents serrées.

— Comme je te l'ai dit dans ma lettre, j'en suis sincèrement désolée pour toi.

— Vraiment ?

— Bien sûr. Elle comptait tellement pour toi. Elle doit te manquer beaucoup.

— Oui. Mais ce n'est pas parce qu'elle est morte que je la considère comme une sainte, soupira-t-il. Je regrette qu'elle ne t'ait pas accueillie chez nous aussi chaleureusement qu'elle l'aurait dû.

Un euphémisme pour décrire une froideur qui avait glacé Alicia jusqu'aux os. Elle frissonna.

— Elle a eu raison de me dire que je n'étais pas l'épouse qui convenait à son fils.

— Elle t'a dit ça ?

— Elle a bien dû te le dire aussi, non ?

— *Davvero*, mais je lui ai signifié que je n'en voulais pas d'autre.

Elle leva un sourcil sceptique.

— Dommage que tu ne me l'aies pas dit à moi aussi. Dès mon arrivée à Montedaluca, la plupart des gens ont pris modèle sur la *contessa* et ont tout fait pour que je me sente une intruse. Ce que j'étais, évidemment. A part ta grand-tante Luisa et la dame que tu avais engagée pour m'enseigner l'italien, durant les six semaines que j'y ai passé, personne ne m'a parlé ou presque. Pas même toi. Tu étais si occupé que je te voyais à peine. Tu étais devenu un étranger, à tel point que j'ignorais que tu possédais un titre de noblesse.

— De nos jours, cela ne signifie plus grand-chose, remarqua-t-il avec un haussement d'épaules.

— Pour ta mère, c'était très important. La seule fois où elle a daigné me consacrer un peu de temps, elle m'a donné ses instructions sur la façon dont devait se comporter une future *contessa* da Luca, répondit Alicia avec un sourire plein d'ironie. Elle a dû être ravie de me voir disparaître.

— Tu te trompes : elle a été malade d'inquiétude.

— Tu me surprends. Je croyais qu'elle serait aux anges de te voir libre de nouveau.

— Mais je ne suis pas libre ! Après t'avoir épousée dans la *cattedrale* de Montedaluca, je suis lié à toi pour toujours.

— Allons, Francesco ! coupa-t-elle, excédé. Après ce qui s'est passé entre nous, ou plutôt ce qui ne s'est pas passé, tu obtiendras facilement le divorce ; voire l'annulation de ce mariage.

— Personne n'est au courant, répondit-il, sur un ton si amer qu'elle en fut alarmée. A moins que tu ne l'aies raconté à ta mère ou à Megan ?

Alicia frissonna et s'enveloppa dans son cardigan.

— Comment aurais-je pu en parler à quiconque ?

— Quelle explication as-tu donnée à ta mère ?

— Je lui ai dit que j'avais commis une terrible erreur et qu'il valait mieux trancher dans le vif. Evidemment, Bron aurait préféré que je le fasse avant la cérémonie, mais elle a compris mon refus de retourner à Montedaluca. La *contessa* ne s'était pas montrée plus chaleureuse envers elle qu'envers moi, bien que ma mère ait accepté que le mariage ait lieu à Montedaluca et non à Cardiff.

— Elle a vite pris sa revanche.

— Que veux-tu dire ?

— Quand nous sommes allés la voir à Cardiff, ma mère et moi…

— Qu'est-ce que tu racontes ? l'interrompit Alicia.

— Tu n'étais pas au courant ?

— Absolument pas.

— Ça s'est passé juste après ton départ.

Alicia mit de longues secondes à se remettre du choc que la nouvelle lui avait causé. Ainsi, Francesco s'était lancé à sa poursuite…

— Tu ne me crois pas, reprit-il, mais c'est pourtant vrai. Ta mère m'a juré que tu n'étais plus là.

— Quand je suis rentrée de Paris, j'étais dans un tel état qu'elle m'a envoyée avec Megan chez la grand-mère de celle-ci, le temps de me remettre. Ou d'essayer…

— On ne m'a rien dit de tout ça. Les parents de Megan étaient présents chez ta mère, ce jour-là, ainsi que son colosse de frère. Ta mère a bien insisté sur le fait que tu ne voulais *plus jamais* me revoir.

Alicia commençait à trembler.

— Tu es toute pâle, constata Francesco. Tu as du cognac ?

Il se leva et lui prit la main pour la guider vers le canapé.

— Je vais me faire du thé. J'ai juste besoin de m'asseoir un moment pour reprendre mes esprits.

Sans lui lâcher la main, Francesco s'assit à côté d'elle.

— Je te jure que je t'ai dit la vérité, Alicia.

— Je te crois, mais quel choc ! chuchota-t-elle, la gorge serrée. J'aurais de loin préféré savoir.

Les larmes roulaient sur ses joues sans qu'elle puisse les retenir. Elle voulut s'écarter de Francesco, qui l'en empêcha et glissa une main sous son cardigan pour lui caresser l'épaule. A son contact, elle fut envahie par un mélange de plaisir et de chagrin. Elle ravala ses dernières larmes, repoussa doucement Francesco et s'enveloppa plus étroitement dans son vêtement.

— En partant, tu m'as détruit, dit-il.

— Au contraire, j'avais l'impression de t'avoir rendu ta vie. Je me suis dit que tu serais content d'être débarrassé de ton épouse impossible, et que la *contessa* serait ravie.

— Comme je te l'ai déjà dit, répondit-il d'une voix dure, ça n'a pas été le cas. Quand ma mère a vu mon désespoir, elle m'a avoué qu'elle regrettait de ne pas s'être comportée envers toi comme elle l'aurait dû.

— Oui, envers « cette écolière aux cheveux rouges et au visage taché de son, qui ressemble à un garçon manqué ».

— Tu avais entendu ? questionna Francesco, l'air gêné.

— Oui, ta mère avait bien pris soin de parler anglais.

— De peur que les domestiques ne comprennent.

— Ou plutôt pour que moi, je comprenne. Mais qu'importe maintenant ? L'écolière a grandi.

— Elle n'est plus du tout un garçon manqué.

— Et ses cheveux ne sont plus rouges.

C'était ce commentaire qui l'avait le plus blessée. Francesco laissa courir sur elle un regard tendre comme une caresse.

— Tu es devenue une femme extrêmement séduisante. Ce soir, je n'étais pas le seul à le penser.

— Dans mon travail, je croise beaucoup d'hommes.

— Y en a-t-il un que tu croises plus souvent que les autres ?

— Il m'arrive parfois de partager un repas avec certains.

— Et ton lit ?

— Tu n'as aucun droit de me le demander.

— Si, puisque je suis ton mari.

— Depuis notre nuit de noces, tu n'as plus le droit de prétendre à ce titre.

— Alicia, dans ma frustration, j'ai employé des mots que je regrette amèrement depuis des années. Si tu avais pu observer mon angoisse quand j'ai compris que tu étais partie, tu aurais tenu ta revanche.

— Je voulais te quitter, pas me venger.

— Tu as jeté tes bagues par terre !

— Je me suis lavée à fond, j'ai remis mes vieux vêtements et je me suis échappée par l'ascenseur de service de peur de te croiser en chemin.

— Tu n'as pas pensé au souci que je me ferais en te sachant seule à Paris. Tu me prenais vraiment pour un ogre ?

— Même si tu n'étais pas un ogre, tu n'étais plus l'homme dont j'étais tombée amoureuse. Mais la transformation avait commencé bien avant. Du jour où je suis arrivée à Montedaluca, tu n'as plus été le même. Tes affaires t'absorbaient tellement que j'ai commencé à me demander si je n'étais pas en train de commettre une grosse erreur. Toutefois, je n'ai pas eu le courage d'interrompre ta mère dans ses préparatifs du mariage, et je l'ai bien regretté après. Ce que tu m'as dit m'a brisé le cœur. Pas pour trop longtemps, heureusement.

Un lourd silence se fit entre eux.

— Dis-moi ce qui s'est passé ensuite, finit-il par demander.

— Rien de particulier. J'ai passé beaucoup de temps avec Meg et j'ai fini par récupérer. Puis je suis repartie en vacances avec Bron en Cornouailles avant la rentrée à la fac. Mais pas à Cardiff, comme je le projetais.

— Parce que tu craignais que je retrouve ta trace ?

— Non, répondit-elle avec un petit rire. Je savais que tu avais appelé Bron plusieurs fois pour avoir de mes nouvelles, mais comme je croyais que tu n'étais jamais venu, je te supposais heureux d'être débarrassé de moi. Je me suis inscrite en économie à l'université où Megan étudiait le droit. Je ne voulais plus entendre parler d'histoire de l'art. Je n'étais plus une gamine fraîche émoulue du couvent, mais une étudiante avec des tas de piercings, le ventre nu même en plein hiver, portant des jupes si courtes que ma mère en était terrorisée. J'avais les cheveux de toutes les couleurs, je buvais de la bière avec l'équipe de rugby et je faisais la fête comme une folle.

— Et tu pensais que tout cela était ma faute ? demanda-t-il en la fixant droit dans les yeux.

— Evidemment. Mais au bout d'un moment, Bron a fini

par me passer un savon. Elle m'a dit que Megan se minait tellement pour moi que son travail s'en ressentait et que ses parents commençaient à se faire du souci, eux aussi. Alors j'ai arrêté tout ce cirque et je me suis remise au travail.

— Moi, au bout d'un moment, j'ai cessé de me battre avec ta mère pour obtenir de tes nouvelles. Cela devenait humiliant. Elle a du caractère !

— Avec la vie qu'elle a eue, il vaut mieux qu'elle en ait.

— Elle ne t'a jamais rien dit de plus au sujet de ton père ?

— Non, répondit Alicia, soudain épuisée. Si tu partais, maintenant ?

— *Va bene*, dit-il en se levant. Mais demain, je t'invite à déjeuner.

— Désolée, je dois déjeuner avec Megan.

— Alors, je reviendrai demain soir. Tant que ce problème ne sera pas résolu, je ne rentrerai pas à Montedaluca. A présent, ajouta-t-il d'un ton aigre, je vais immédiatement te libérer de ma présence inopportune. *A domani.*

Une fois Francesco parti, Alicia éteignit les lumières avant de se diriger vers sa chambre avec un soupir de soulagement. Elle était si fatiguée qu'elle eut le plus grand mal à accomplir les quelques gestes qui précèdent le coucher.

Après s'être tournée et retourné dans son lit pendant une bonne heure, elle renonça à trouver le sommeil et se releva en maudissant Francesco de lui avoir gâché ce qui aurait dû être une merveilleuse journée — le Pays de Galles avait battu l'Italie et la réception qu'elle avait organisée avait été un sans-faute.

Elle se fit une tasse de thé, tapota ses oreillers et s'assit dans son lit en repensant à la visite des da Luca à sa mère. Dès le lendemain matin, elle appellerait Bron pour connaître sa version de l'histoire. Visiblement, celle-ci avait tout fait pour que sa fille ne retourne pas auprès de son mari…

Pourtant, Alicia ne parvenait pas à lui en vouloir. Dès l'enfance, Bron avait dû se débrouiller seule. Son père était mort quand elle avait douze ans et sa mère quelques années plus tard, au cours de sa première année à l'université de Cardiff. Bronwen logeait alors chez Huw et Eira Davies, dans l'appartement sous les toits qu'ils louaient à des étudiants pour rembourser le crédit de leur grande maison victorienne.

Huw Davies, qui était avocat et travaillait dur pour devenir associé dans le cabinet où il exerçait, avait aidé sa jeune locataire à régler la succession de sa mère. En échange, quand Eira, qui attendait un deuxième enfant, en avait besoin, Bron s'occupait de leur premier-né, Gareth. Après la naissance de Megan, Bron avait continué ses activités de baby-sitter. Quand elle avait découvert, horrifiée, qu'elle était enceinte, elle s'était tournée vers Eira. Elle était trop croyante pour avorter ou faire adopter son enfant, et avait également refusé de révéler qui était le père ou de demander de l'aide à celui-ci. Bron savait qu'elle pourrait s'en sortir seule, grâce au modeste héritage de sa mère. Eira et elle s'étaient entraidés avec leurs enfants respectifs, Huw les avait soutenues du mieux qu'il avait pu et Bron avait fini par obtenir son diplôme des Arts Décoratifs.

Aussi loin qu'elle s'en souvienne, Alicia avait toujours eu deux mères : Eira Davies l'avait toujours traitée comme sa propre fille, et elle-même avait trouvé en Gareth et Megan un frère et une sœur.

Ces origines — ou plutôt ce déficit d'origines —, voilà précisément ce que lui avait reproché la *contessa* Sophia da Luca. Comme si ses taches de rousseur, ses fossettes, ses cheveux rouges et son absence de courbes ne suffisaient pas, la fiancée de son fils était née de père inconnu. Francesco ne lui avait jamais fait le moindre reproche à ce sujet, mais durant leur nuit de noces, sa réaction scandalisée devant une épouse qui ne correspondait pas à ses attentes avait brisé leur union avant même qu'elle ait commencé. Entre cette soirée fatale à Paris et le match de la veille, Alicia ne l'avait plus revu.

5.

Le lendemain, Alicia se réveilla si tard que lorsqu'elle appela sa mère, il n'y eut pas de réponse. Frustrée, elle laissa un message et partit déjeuner chez Meg et Rhys.

— Rhys vient de prendre la tangente avec Gareth, lui annonça Meg en l'embrassant. Ils reviennent tout à l'heure. Alors, cette réception ?

— Parfaite, Dieu merci !

Tout en aidant Meg à préparer le déjeuner, elle la lui décrivit en détail. Dès que les deux hommes revinrent, ils se mirent à table tous les quatre, devant la fenêtre qui donnait sur le jardin.

— Ce n'est pas si souvent qu'on se retrouve tous les quatre, déclara Meg en faisant passer les légumes. D'ailleurs, la victoire d'hier aurait mérité mieux qu'une table de cuisine.

— C'est vrai, reconnut Gareth.

Il remplit le verre d'Alicia et se tourna vers elle.

— Tu as l'air fatiguée.

— Hier, j'ai eu une grosse journée.

— Ta réception s'est bien passée ?

— Sans la moindre anicroche.

— Figure-toi qu'on a trouvé une maison, lui dit Rhys, tout sourire, avant de se rembrunir sous le regard grondeur de sa femme. Je n'étais peut-être pas censé en parler déjà…

— J'aurais préféré annoncer moi-même la bonne nouvelle, répondit sèchement Meg.

— Pourquoi tenez-vous tant à vous mettre si tôt un crédit sur les bras ? demanda Gareth.

— Même si on est très reconnaissants à Eira et Huw de nous prêter cet appartement, on a envie d'avoir une maison bien à nous, répondit Rhys en se penchant pour embrasser Megan.

— Dites donc, vous deux, vous vous croyez encore en voyage de noces ? intervint Gareth d'un air dégoûté.

— Vieux rabat-joie ! s'exclama Alicia. Moi, je trouve ça sympa, des jeunes mariés qui se bécotent comme des tourtereaux.

— Evidemment, toi, avec ton expérience du mariage…, lança Gareth, sarcastique.

— Ne fais pas attention, intervint sa sœur. Il est de mauvais poil parce qu'il vient encore de se faire larguer.

— Pauvre chéri, lança Alicia. Je la connaissais ?

— Elle s'appelait Dawn, non ? demanda Rhys.

— Mais non, dit Meg. Dawn, c'était celle d'avant.

— Elle s'appelle Julie, déclara Gareth, et nous nous sommes séparés par consentement mutuel.

— Ce qui signifie qu'elle aspirait à la bague de fiançailles, intervint cyniquement sa sœur. Quelqu'un reveut du pudding ?

Le repas fini, après avoir envoyé les hommes regarder un résumé du match de la veille, Alicia aida Meg à ranger.

— C'était délicieux. Ta mère n'aurait pas fait mieux.

— Quel compliment ! lança Meg en enclenchant le lave-vaisselle. Dis-moi, j'ai l'impression qu'il y a quelque chose qui ne va pas…

Alicia soupira.

— Effectivement. Hier, juste avant le match, je suis tombée sur Francesco.

— Et alors ? demanda Megan en s'asseyant à la table de cuisine.

— Après le match, il m'a interceptée en me disant qu'il

fallait qu'on parle. On a eu une courte discussion à l'extérieur du stade, et j'ai cru que j'étais débarrassée de lui. Mais après la réception, il a insisté pour me raccompagner chez moi.

— Donc, maintenant, il sait où tu habites. Que cherche-t-il ?

— Visiblement, ce n'est pas à mon corps qu'il en veut. Il a dit qu'il reviendrait ce soir. Pour éclaircir la situation.

— En vue d'un divorce ?

— Sans doute. Je ne comprends pas pourquoi il a mis si longtemps à se décider. Peut-être parce qu'il est catholique.

— Certainement. Avec tout ce tralala à votre mariage, tous ces lys blancs dans l'église…

— Allons rejoindre les hommes. Il faut que je pose une question à ton frère.

Dans le salon, Alicia s'assit face à Gareth, sur le bras d'un fauteuil, pour pouvoir l'observer.

— Hier, si je suis arrivée en retard au match, c'est que, juste avant, je suis tombée sur Francesco da Luca, expliqua-t-elle à son ami. Ensuite, il a assisté à la réception et a insisté pour me ramener chez moi.

— Que cherchait-il ? Une petite partie de jambes en l'air ?

Trois paires d'yeux dévisagèrent Gareth avec un tel dégoût qu'il se sentit obligé de s'excuser.

— Désolé. Continue, Alicia.

— Il m'a informée que quelques jours après mon départ de Paris, il était venu avec sa mère pour voir Bron.

— Comment ? Tu en es sûre ? s'exclama Meg, stupéfaite.

— C'était pendant mon séjour avec toi chez ta grand-mère, répondit Alicia.

— Et tu ne nous as jamais rien dit ? s'exclama Meg.

— Hé, du calme, répondit Gareth en levant les mains. Ce n'est pas ma faute. Bron m'avait fait jurer de ne rien dire. Elle prétendait qu'Alicia en avait fini avec da Luca et nous a fait promettre de ne pas lui révéler où elle était. Personnellement, je ne l'ai pas approuvée. Je n'aime pas ce type, mais il avait l'air si désespéré que je n'ai pu m'empêcher d'avoir pitié de lui. Même sa mère avait l'air très mal à l'aise.

— Je n'arrive pas à croire que tu aies gardé le silence, dit Meg. Tu savais pourtant dans quel état était Alicia !

— Bien sûr, mais j'ai pensé que c'était à cause de ce que lui avait fait Francesco. Je croyais qu'il l'avait… enfin…

— Qu'il m'avait frappée ? demanda Alicia, qui s'était laissée glisser dans le fauteuil.

— Non, mais…

— Je peux t'assurer qu'il n'a jamais porté la main sur moi.

— Dans ce cas, pourquoi t'es-tu enfuie de cette façon ?

— Ça ne te regarde absolument pas, intervint Meg.

— Tout ce que je veux savoir, dit Alicia, c'est si Francesco m'a dit la vérité hier. Et Bron n'était pas là quand je l'ai appelée ce matin.

— Papa et maman étaient au courant ? s'enquit Megan. Et toi, Rhys ?

— Absolument pas ! Je ne te l'aurais pas caché.

— Je n'ai pas eu le choix ! s'écria Gareth. N'oublie pas que papa est l'avocat de Bron. Il nous a fait jurer de garder le secret, à maman et à moi. Et puis, je pensais que ça valait mieux pour toi, ajouta-t-il en se tournant vers Alicia.

— Parce que tu ne voulais pas qu'elle épouse Francesco, déclara Meg avec aigreur. Ni personne d'autre.

— J'ai fait ce que Bron m'a demandé parce que j'ai cru que c'était ce qu'Alicia voulait. Point final. Merci pour le déjeuner et au revoir tout le monde, je dois y aller.

De retour chez elle, Alicia trouva un message de sa mère qui lui demandait de la rappeler.

— Désolée de t'avoir ratée ce matin, chérie. As-tu déjeuné avec Meg comme prévu ?

Alicia fit à sa mère un bref résumé de la réception et l'assura que la robe qu'elle lui avait offerte avait eu du succès. Puis elle prit son courage à deux mains :

— Maman, hier, au match, j'ai rencontré Francesco qui était venu soutenir l'équipe d'Italie.

— Cela devait arriver un jour. Que voulait-il ?

— Je ne sais pas, mais j'ai été très surprise d'apprendre que quelques jours après que je l'ai quitté, il était venu à Cardiff avec sa mère.

— C'est vrai, reconnut Bron. Et maintenant, tu es furieuse que je ne t'aie rien dit.

— Exactement ! Ça ne t'est pas venu à l'esprit que pour moi, la venue de Francesco et de la *contessa* pouvait avoir une grande importance ?

— Non. Tu avais dit que tu ne voulais plus jamais entendre parler de lui !

— Quand même, tu n'avais pas le droit de me cacher leur visite.

— J'ai fait ce qui me paraissait le mieux. Pour te protéger. Comme tu as toujours refusé de me dire pourquoi tu étais partie, j'ai cru que Francesco t'avait abusée d'une façon ou d'une autre.

— Il ne m'a absolument pas *abusée.*

S'il l'avait fait, c'était en paroles.

— Ma chérie, si tu avais su qu'il venait, qu'aurais-tu fait ?

— Cela n'aurait sans doute rien changé, concéda-t-elle. Mais que sa mère soit venue avec lui prouvait qu'elle regrettait la façon dont elle s'était comportée avec moi.

— J'ai été plutôt contente de refuser qu'elle te voie, déclara Bron avec une évidente satisfaction.

— Donc, ce n'était pas seulement pour me protéger, c'était aussi pour te venger d'elle.

— Je suis un être humain.

— Moi aussi ! Et c'est pour cette raison que j'aurais bien aimé être au courant de cette visite.

— C'est tout ce que je t'ai caché, chérie. Ensuite, je t'ai tenue au courant de tous les appels de Francesco. Cela fait d'ailleurs un certain temps qu'il n'a plus téléphoné.

— Je sais. A un moment, son orgueil s'est rebiffé.

— Je suis surprise que ça ne se soit pas produit plus tôt. Ma chérie, si je me suis trompée, pardonne-moi. Viens déjeuner dimanche, pour que je puisse te faire mes plus plates excuses de vive voix.

— Inutile. Comme tu l'as dit, tu as cru bien faire. On se verra dimanche.

Alicia raccrocha et s'assit près du balcon pour contempler la baie de Cardiff. Elle imaginait la *contessa* da Luca impeccablement vêtue et raide comme un piquet. Entre Bron, soutenue par les trois Davies, et Francesco et sa mère, la situation avait dû être plutôt tendue. La *contessa* ne devait guère être enchantée d'avoir eu à se déplacer pour obtenir des nouvelles de sa belle-fille envolée. Bron, pour sa part, n'avait été que trop ravie de ne lui en donner aucune…

Alicia ne se sentait pas prête à recevoir Francesco. Elle se doucha longuement, releva ses cheveux en un petit chignon bien serré, enfila un jean, un pull et des boots à talon puis posa sur ses lèvres une touche de rouge. Ensuite, elle sortit des verres et une bouteille de vin qu'elle mit à rafraîchir dans un seau à glace, sur un plateau. Elle s'assit près de la fenêtre avec un livre pour attendre l'arrivée de Francesco.

Juste avant 20 heures, la voix de l'Italien retentit dans l'Interphone. Alicia appuya sur le bouton et l'attendit sur le seuil. Il portait une veste en cuir, un jean et un pull noirs. Il était si beau qu'elle en fut troublée.

— *Buena sera*, dit-il d'une voix calme.

Alicia refréna tant bien que mal l'élan inhabituel de sa libido.

— Salut. Entre. Vin ou café ?

— Un verre de vin, s'il te plaît. *Grazie*.

Prenant la bouteille et le tire-bouchon qu'elle lui tendait, il officia avec dextérité. Il remplit leurs verres avant de lever le sien.

— *Salute*.

— J'ai parlé à ma mère aujourd'hui, dit Alicia après avoir avalé une gorgée. Elle m'a confirmé que tu avais bien emmené ta mère à Cardiff.

— Alors tu me crois, maintenant ?

— Je t'ai toujours cru, Francesco. Si j'ai appelé Bron, c'est pour lui demander pourquoi elle ne m'en avait jamais rien dit.

— Moi aussi, je serais curieux de le savoir.

— Elle a cru que, d'une façon ou d'unc autre, tu avais abusé de moi, déclara Alicia en le fixant droit dans les yeux.

Il pâlit sous l'outrage.

— *Cosa ?* Mais je ne t'ai même pas touchée ! *Gran Dio !* s'exclama-t-il, hors de lui, en posant violemment son verre sur la table.

— Jamais je ne lui ai dit une chose pareille. Jusqu'à aujourd'hui, j'ignorais que certains avaient pu envisager une telle éventualité.

— Certains ? Qui d'autre ?

— Gareth. Il était chez sa sœur aujourd'hui, et comme Bron, il a cru que je t'avais quitté parce que tu m'avais maltraitée. Ce qui est exact d'ailleurs, sauf que ça n'avait rien de physique.

Il reprit son verre et le vida d'un trait.

— Tu as bien fait comprendre à ta mère et au frère de Megan qu'ils s'étaient trompés ?

— Evidemment.

— *Eccelente*. Bon, maintenant que me voilà blanchi de ces soupçons, il est temps que nous parlions sérieusement.

— Je suppose que tu veux divorcer.

— Et toi ?

— Bien entendu.

— Pour pouvoir te remarier ?

— Comme je te l'ai déjà dit, le mariage ne m'intéresse pas.

— Tu es contente de vivre seule ?

Elle finit son verre avant de lever les yeux vers lui.

— Qu'est-ce qui te fait penser que c'est le cas ?

— Cet appartement est trop petit pour deux.

— La chambre est suffisamment grande. A l'occasion.

Sans la quitter des yeux, il se leva pour remplir leurs verres.

— Jamais je ne t'avais vue vêtue de noir. Cela te donne un air très austère.

— Ce sont des vêtements de travail.

— Tu ne t'es donc pas habillée pour me plaire ?

— Je m'habille d'abord pour moi.

— La robe que tu portais hier soir a plu à tous les hommes.

— Francesco, s'impatienta-t-elle, si tu en venais au fait !

— *Va bene*. Si je suis venu à Cardiff, c'est pour soutenir notre équipe, mais je me suis juré que cette fois, je découvrirais ton adresse. Alors, avant de partir, j'ai appelé ta mère, mais c'est Megan qui m'a répondu.

— Tu as parlé à Meg ? s'exclama Alicia, stupéfaite.

— Oui, mais je lui ai demandé de ne rien dire. D'ailleurs, elle ne m'a pas donné tes coordonnées. Quand je lui ai dit qu'il était vital que je te voie, elle m'a simplement dit que tu assisterais au match. Alors, inutile de lui en vouloir.

— Je ne lui en veux pas.

— Mais à moi, si. Voilà, tu sais comment je t'ai retrouvée.

— Ce que je ne sais toujours pas, c'est pourquoi tu tenais

tant à me voir. D'ailleurs, je ne me cache pas et tu aurais très bien pu trouver mon adresse dans l'annuaire.

— Ça ne m'est pas venu à l'idée.

— Que veux-tu enfin ? s'enquit-elle en le défiant du regard.

— Que tu reviennes à Montedaluca.

Alicia faillit s'étrangler avec sa gorgée de vin.

— Que je… Quoi ? bredouilla-t-elle. Mais il n'en est pas question !

— Il s'agit d'une obligation juridique.

— Tu veux dire que je dois signer certains papiers pour que tu puisses obtenir le divorce ?

— Oui. Tu sais, reprit-il après un temps, jamais je n'ai oublié la façon dont tu m'as regardé, cette nuit-là.

— Notre nuit de noces ?

— *Davvero.* Avant de demander le divorce, j'aimerais savoir ce que tu as fait de ta vie. J'ai essayé des tas de fois de m'informer auprès de ta mère, mais elle n'a jamais répondu.

— Elle t'a pourtant toujours trouvé très sympathique.

— Vraiment ? Elle ne voulait pas qu'on se marie.

— Elle jugeait que c'était trop précipité. En dehors du fait que cela m'obligeait à vivre à l'étranger, à ses yeux, tu étais le mari idéal. Parce que tu m'apportais l'indispensable.

L'amour ?

— Non, la sécurité qui lui avait tant manqué. Mais comme j'ai refusé de lui dire pourquoi je m'étais enfuie, elle en a tiré des conclusions erronées.

— Je m'étonne qu'elle m'ait laissé pénétrer chez elle.

— Elle n'avait pas le choix, puisque ta mère était là aussi. Et le frère de Megan m'a dit aujourd'hui que ton désespoir évident l'avait touché.

— *E possible.* Et pourtant, j'ai eu le sentiment qu'il avait bien envie de me frapper…

— Bon, reprit Alicia après un silence tendu, maintenant que tu as constaté que je mène une vie agréable, tu vas rentrer tranquillement à Montedaluca et engager les procédures de divorce. Je n'y mettrai aucun obstacle.

— Je te l'ai dit : tu vas devoir revenir quelques jours à Montedaluca. Dans son testament, ma mère t'a laissé une preuve de son repentir dont tu dois prendre possession en personne.

— Quoi que ce soit, je n'en veux pas. Le dernier cadeau qu'elle m'a fait était plutôt empoisonné.

— Quel « cadeau empoisonné » ?

— Avant que nous partions en lune de miel, Cinzia, sa femme de chambre, m'a remis de sa part un paquet joliment emballé avec ses instructions pour l'utiliser. Ça m'a fait très plaisir. Comme j'étais naïve !

— Parle-moi de ce cadeau.

— Pas question. Ta mère est décédée, c'est du passé, répondit Alicia en se levant pour aller à la fenêtre. Et je n'irai pas à Montedaluca.

Il s'approcha d'elle par-derrière, si près qu'elle aperçut dans la vitre le reflet de son visage.

— Il y a un problème : tant que tu n'auras pas touché ce legs, la succession de ma mère ne pourra être réglée.

— Je vois. Tu as besoin de cet argent.

— Pas moi. Mais les autres légataires ne pourront pas toucher leur héritage tant que tu n'auras pas reçu le tien.

— Cinzia fait-elle partie de ces légataires ?

— Non. Ma mère l'avait licenciée le lendemain du mariage.

— Alors de qui s'agit-il exactement ?

— D'abord de ma grand-tante.

— *Zia* Luisa est encore en vie ? Elle a été une des rares à faire preuve de gentillesse envers moi. Où vit-elle ?

— Chez elle, au *castello*.

Alicia se sentit soudain épuisée.

— Là-bas, tout le monde doit me détester de t'avoir quitté.

— Personne ne te déteste, Alicia. Après la mort de ma

mère, la plupart de ses vieux domestiques ont pris leur retraite. Un homme seul n'a pas besoin de beaucoup de personnel.

— Tu as sûrement gardé Giacomo ?

— Bien sûr. Il croit que sans lui, je serais incapable de survivre, et il a sans doute raison. Bianca Giusti vit aussi au *castello* en permanence, maintenant qu'elle est veuve. Elle tient compagnie à Luisa. Pina s'occupe de la cuisine et Antonio du jardin. Il y a aussi une jeune fille, Teresa, pour les aider. Tous attendent leur héritage.

Durant un long moment, Alicia le fixa en silence.

— Alors, tu vas venir ? insista-t-il.

— Je n'ai pas le choix, on dirait… Mais à certaines conditions. D'abord, je ne peux pas partir avant la fin du Tournoi des Six Nations.

— *Va bene*, répondit-il, avec dans le regard une brève lueur de triomphe.

— Ensuite, dis au notaire de préparer les papiers pour que je puisse les signer dès mon arrivée. Pas question que je reste plus d'un jour ou deux. J'accepterai le legs de la *contessa* pour permettre aux autres de toucher les leurs, mais je ne le conserverai pas.

— Comme tu voudras. Dis-moi seulement quelle date te convient pour que je prenne ton billet.

— Je m'en chargerai moi-même.

— Puisque tu consens si gentiment à venir, je ne veux pas que tu aies à payer ce voyage. Je suppose que je dois prendre le billet au nom d'Alicia Cross, pas de la *contessa* da Luca… ?

— Effectivement. C'était le titre de ta mère.

— C'est maintenant le tien. Que ça te plaise ou non, nous sommes toujours mariés. Je t'appellerai pour savoir quel jour tu as décidé de venir.

Elle griffonna un numéro sur un bout de papier et le lui tendit.

— *Grazie*, dit-il en jetant sur la bouche d'Alicia un regard qui fit battre plus vite le cœur de celle-ci. *Arrivederci*.

Une fois la porte refermée sur Francesco, Alicia demeura immobile jusqu'à ce que son pouls ait repris son rythme normal. Puis elle respira à fond et traversa la pièce pour décrocher le téléphone.

— Oui ? dit Meg d'une voix pleine d'anxiété.

— J'espère que tu n'es pas couchée.

— J'attendais ton appel. Tu as parlé à Francesco ?

— Oui.

— Tu n'es pas trop en colère contre moi ?

— Non. Mais j'aurais préféré que tu me mettes au courant.

— Impossible. J'avais promis à Francesco. Et puis, j'avais dit à Rhys…

— Qu'est-ce que tu m'avais dit, chérie ? lança une voix en arrière-fond.

— Que j'avais parlé avec Francesco.

— Ne sois pas fâchée contre elle, Alicia, fit Rhys dans le combiné. Quand j'ai appris que Francesco avait mentionné un testament, ça a éveillé ma fibre juridique et je me suis dit qu'il fallait lui donner une chance de te parler. Mais devant Gareth, Meg n'a pas osé t'avouer la vérité. Et compte tenu de l'humeur de son cher frangin, elle a bien fait.

— Alors ? Où en êtes-vous ? s'enquit Meg.

Alicia la mit au courant des détails de l'affaire.

— Du coup, tu vas vraiment aller à Montedaluca ?

— Je n'ai pas le choix. Sinon personne ne pourra toucher son héritage. De toute façon, j'avais décidé de partir quinze jours en vacances après le Tournoi. Francesco m'a proposé de me prendre un billet au nom de « *contessa* da Luca ».

— Légalement, tu es toujours sa femme.

— Plus pour longtemps. Il sera bientôt sorti de ma

vie pour de bon. A propos, Meg, Francesco m'a dit qu'il t'aimait bien.

— Moi aussi, je l'aime bien. Quel dommage que…

— Il est tard, coupa Alicia. Et tu étais couchée…

— … avec moi, intervint la voix de Rhys.

En riant, Alicia leur souhaita bonne nuit à tous les deux. Mais quand elle se coucha, un peu plus tard, elle trouva pour la première fois depuis qu'elle avait emménagé son grand lit très vide. Même si, contrairement à ce qu'elle avait laissé entendre à Francesco, elle ne l'avait jamais partagé avec personne…

6.

En rentrant chez elle le lendemain soir, Alicia trouva un message de Francesco sur son répondeur.

— Je suis de retour à Montedaluca. Je t'appellerai demain.

Cela sonnait davantage comme une menace que comme une promesse…

Tout en ôtant les épingles qui retenaient son chignon, elle fit la grimace. Elle n'avait aucune envie de recevoir régulièrement des appels de Francesco, et moins encore de le voir envahir sa vie — dont elle croyait l'avoir définitivement chassé. Aujourd'hui, elle avait décliné l'invitation d'un ex-joueur des Saracens qu'elle voyait de temps en temps quand ses affaires l'amenaient à Cardiff. Récemment, Jason lui avait laissé entendre qu'il aspirait à une relation plus proche, mais elle ne tenait pas à lui révéler qu'elle était déjà mariée, et encore moins à un autre ex-joueur de rugby.

Francesco l'appela régulièrement les jours suivants, sous prétexte de vérifier la date du voyage.

— J'ai dit que je viendrais et je tiendrai parole, répondit-elle sèchement un soir.

Etonnée par sa propre colère, elle se rendit compte, à son grand dam, qu'elle lui en voulait d'être resté deux jours sans l'appeler…

— Je t'ai donné la date, tu n'as qu'à m'envoyer le billet, ajouta-t-elle plus calmement. Sinon, je peux le prendre moi-même.

— Je ne te fais pas confiance. D'ailleurs, j'ai déjà réservé.

— Ah bon, et je pars quand ?

— Le Tournoi se termine dimanche. Tu décolles le mardi suivant. J'ai un message pour toi : *zia* Luisa est très impatiente de te revoir.

— Elle est adorable, répondit Alicia, émue.

Avec son ancien professeur d'italien, Bianca Giusti, cela lui ferait au moins deux amies au *castello*.

— Donc, prépare-toi pour mardi.

— *Si, signore.* Tes désirs sont des ordres.

— Si seulement c'était vrai !

Pour ne plus attendre les appels de Francesco, Alicia s'efforça de sortir chaque soir. Un jour où Rhys, interne en chirurgie, était retenu à l'hôpital, elle organisa une soirée entre filles avec Meg. Le samedi précédant son départ, elle demanda à sa mère de venir faire des courses puis déjeuner avec elle.

— J'ai bien aimé notre matinée, déclara Bron en étudiant le menu. Fatigante, mais productive.

Elle était toujours élégante, avec sa robe noire, sa veste de lin blanc et ses cheveux bruns coupés court.

— Je resterai si peu de temps là-bas que je n'avais vraiment pas besoin de tout ça, répéta Alicia pour la énième fois.

— C'est quand même étrange qu'il te faille y retourner.

— Les particularismes de la législation italienne, je suppose. Francesco a appuyé sur le bon bouton quand il m'a dit que Luisa et les autres ne pourraient pas toucher leur héritage avant que j'aie pris possession du mien. Quel qu'il soit.

— Il ne t'a pas révélé ce que t'a laissé la *contessa* ?

— Non. De toute façon, quoi que ce soit, je ne le garderai pas.

— Je sais qu'elle ne s'est pas montrée spécialement chaleureuse envers toi, mais que t'a-t-elle fait pour que tu sois à ce point implacable ?

Alicia se ferma.

— Ne gâchons pas ce moment à parler de ça.

— Très bien, chérie. Après l'incident de l'autre jour, j'avais peur que tu ne refuses cette séance de shopping thérapeutique.

Alicia sourit à cette femme qui avait plutôt l'air d'être sa sœur que sa mère.

— Tu veux rire ! Si tu n'étais pas là pour me conseiller, Dieu sait de quelles fautes de goût je me rendrais coupable ! Tu aurais vu la tête de la *contessa* quand je lui ai dit que ma mère me faisait ma robe de mariée.

— Elle devait s'attendre à un sac coupé dans un vieux rideau, indigne de l'épouse du comte da Luca ! plaisanta Bron.

— Exactement. Elle a tenté de me convaincre de porter une création d'un styliste qu'elle avait pris sous son aile. Comme j'avais accepté de me marier à Montedaluca, j'ai tenu bon. Je lui ai dit que tes robes avaient beaucoup de succès et que je tenais à porter une de tes créations. Elle a douté jusqu'à ce qu'elle me voie entrer dans l'église. Si tu avais vu son air soulagé ! Je me demande ce qu'est devenue cette robe ? Je l'ai laissée au *castello* quand on l'a quitté.

La collègue avec qui elle devait dîner annula leur rendez-vous : enrhumée, elle préférait garder ses microbes pour elle. En fin de journée, Alicia s'installa donc sur son canapé pour bouquiner, heureuse à la perspective de passer une soirée tranquille. Mais la sonnerie du téléphone ne tarda pas à retentir.

— Qu'est-ce que tu as fait aujourd'hui ? attaqua Francesco à peine eut-elle décoché.

— J'ai fait des courses avec Bron. Nous avons déjeuné ensemble.

— Elle va bien ?

— En pleine forme. Le mariage lui réussit.

— Contrairement à sa fille.

— Exact. Tu m'en as dégoûtée à vie.

— Tu es cruelle, Alicia.

— J'ai été à bonne école.

Il se tut si longtemps qu'elle crut qu'il avait raccroché.

— Que fais-tu, ce soir ?

— J'ai invité quelqu'un à dîner.

— Tu fais la cuisine ?

— Non, je suis passée chez le traiteur. Je préfère consacrer mon temps à m'occuper de moi.

— Eh bien, je te laisse profiter de ta soirée. *Ciao*, Alicia.

— *Ciao*, Francesco.

Elle sourit en reposant le téléphone, espérant qu'il allait s'interroger sur ce mystérieux invité. Elle venait de terminer de dîner lorsqu'on sonna à sa porte. A son grand étonnement, c'était Gareth.

— Monte, lui dit-elle en appuyant sur le bouton d'ouverture.

Elle l'entendit gravir l'escalier quatre à quatre.

— Quelle surprise ! Je ne savais pas que tu rentrais en ville ce week-end.

— Personne d'autre n'est au courant, dit-il en la serrant dans ses bras avant de l'embrasser sur la bouche.

Alicia s'écarta de lui en s'efforçant de dissimuler sa contrariété.

— Qu'est-ce qui me vaut un tel honneur ? demanda-t-elle en le guidant vers le canapé avant de s'installer sur la chaise. Tu as dîné ?

— Oui, merci. J'avais un match aujourd'hui, mais j'ai pris le volant tout de suite après.

En fait, Alicia se trouvait rarement seule avec lui. Comme son père et Megan, il avait les yeux et les cheveux très noirs.

En ce moment, quelque chose dans son regard mettait Alicia très mal à l'aise.

— Pourquoi es-tu revenu à Cardiff ce week-end ? demanda-t-elle pour rompre un silence qui devenait gênant.

— C'est vrai que tu vas retourner à Montedaluca ? demanda-t-il en se penchant vers elle d'un air accusateur.

— Oui.

— Pourquoi ? Ne me dis pas que Francesco t'a convaincue de reprendre la vie commune !

— Bien sûr que non ! protesta-t-elle. J'y retourne un jour ou deux pour récupérer un legs que m'a fait la *contessa*. Apparemment, il doit m'être remis en mains propres.

— Comment peux-tu croire pareille ineptie ? Ce n'est qu'un prétexte pour que tu retombes entre ses griffes une fois que tu seras dans son maudit château. Dieu sait ce qu'il mijote ! s'écria-t-il, les yeux étincelants. N'y va pas !

— Allons, Gareth, c'est seulement pour deux jours, le temps de régler cette histoire d'héritage.

— Dans ce cas, je t'accompagne.

— Certainement pas !

— Rappelle-toi ce qu'il t'a fait, dit-il en se levant pour aller à la fenêtre, d'où il fit mine de contempler la vue.

— Tu es vraiment revenu à Cardiff juste pour me dire de ne pas aller à Montedaluca ?

— Oui.

Il se retourna et la prit dans ses bras, avant de la serrer étroitement contre lui. Soudain, il posa une bouche avide sur les lèvres d'Alicia. Elle frémit de dégoût et se dégagea, paniquée.

— Arrête ! s'écria-t-elle en s'écartant de lui, le souffle court. Tu n'es plus toi-même, Gareth.

— Mais si, s'exclama-t-il d'une voix rauque. J'ai envie de toi. Je t'aime, Alicia.

— Non, je t'en supplie.

— Tu as bien dû t'en rendre compte.

— Pas du tout.

— Je te forcerai à m'aimer, rugit-il en cherchant à l'étreindre.

De nouveau, elle le repoussa de ses mains tremblantes.

— Je t'aime beaucoup, Gareth, et je t'aimerai toujours. Mais comme un frère et pas autrement. Jamais.

Pour la première fois de sa vie, elle avait peur de lui. Contre ce colosse, troisième ligne centre, elle n'était pas de taille à lutter. Et s'il refusait de partir ? Il resta un moment immobile, tel un prédateur guettant sa proie, puis elle vit son corps se détendre et il soupira bruyamment en se passant la main dans les cheveux.

— Je ne suis pas ton frère et tu le sais très bien. Mais je ne renonce pas. Je saurai bien te prouver que nous pouvons être heureux ensemble.

— En tout cas, pas comme ça ! Jamais !

Il lui prit la main, les yeux pleins d'un remords soudain.

— Tu trembles.

— C'est toi qui m'as fait peur.

— Excuse-moi, je ne voulais pas t'effrayer, dit-il en lui pressant doucement la main. Mais si tu tiens vraiment à retourner dans ce maudit endroit, fais bien attention.

— Promis.

— Si ce maudit da Luca touche un seul de tes cheveux, je le broierai.

Il se dirigea vers la porte, mais s'arrêta sur le seuil.

— Les parents sont chez ma grand-mère et Megan ne sait pas que je suis ici, dit-il en baissant la tête. Ne leur dis pas que… Je t'en prie.

— Je te le promets. Où vas-tu aller ?

— Qu'est-ce que ça peut te faire ? Je suppose que tu ne vas pas me proposer de me loger. Je vais demander l'hospitalité à un de mes potes, dit-il en lui effleurant la joue du bout du doigt. Au revoir, Alicia. Et n'oublie pas ce que je t'ai dit.

— Je m'en souviendrai. Bonne nuit, Gareth.

Alicia se laissa tomber sur une chaise, le cœur battant. Comment avait-elle pu être à ce point aveugle ? Elle ne pouvait en parler à Megan, mais Bron, elle, saurait la conseiller.

— Maman, dit-elle dès que Bron eut décroché, je viens d'avoir un choc terrible.

Elle lui raconta la visite de Gareth.

— Attends, il faut que j'en dise un mot à George. Je te rappelle.

Quelques minutes plus tard, son téléphone sonna. Alicia décrocha, toujours bouleversée.

— J'ai besoin d'aide, Bron. Que vais-je faire ?

— George a projeté d'aller au golf demain de bonne heure. Je passerai chez toi après 9 heures. Fais du café bien fort, ça nous aidera à tirer tout ça au clair.

Ce fut après une nuit presque blanche qu'Alicia ouvrit à sa mère le lendemain matin.

— Tu as l'air fatiguée, lui dit-elle en l'embrassant avec une pointe de remords. Je vais te chercher du café.

— Tu n'es pas resplendissante non plus, constata Bron en se laissant tomber sur le canapé.

Revenue avec les cafés, Alicia approcha sa chaise.

— Venons-en au fait : que faire au sujet de Gareth ? Tu savais qu'il était amoureux de moi ?

— Oui. Depuis ton adolescence, et ça m'a causé beaucoup de souci. C'est même pour cette raison que je t'ai laissée te marier si vite en sortant du lycée. Pour la première fois depuis des années, je me suis sentie rassurée.

— Rassurée ?

— Que tu te maries avec un homme qui non seulement t'adorait, mais avec qui tu serais en sécurité. Toute ma vie, jusqu'à ce que je rencontre George, j'ai été hantée par le souvenir de ce qui m'était arrivé et j'ai redouté qu'il ne t'advienne semblable malheur. J'ai sans doute trop cherché à te protéger en te mettant en pension dans un couvent. Heureusement, Eira et Huw ont accepté d'y envoyer aussi Megan. Mais il est temps que je te raconte ce qui s'est passé.

Alicia la fixa, tendue. Allait-elle enfin entendre le récit de ses origines ?…

— Pour que tu comprennes, il faut que je remonte à la mort de ma mère. Contrairement à mon père, elle n'avait jamais été malade ; quand j'ai appris qu'elle avait eu un infarctus et qu'on n'avait pas pu la ranimer, le choc a été terrible.

— Et tu t'es retrouvée seule au monde à dix-huit ans.

— Heureusement, il y avait Eira et Huw, soupira Bron. Ma mère était morte juste avant Noël. Après les vacances, je suis retournée à la fac. Un assistant de math m'a trouvée en larmes dans un coin de la bibliothèque. Quand je lui ai expliqué pourquoi, il m'a emmenée dans son bureau et m'a fait boire un verre de sherry. Il était jeune, il débutait, et comme il ne savait pas quoi faire de moi et que j'étais de nouveau en larmes, il m'en a versé un autre. Jamais je n'avais bu auparavant, et je me suis retrouvée complètement ivre. Alors quand il m'a gentiment serrée contre son cœur, ma réponse a été tellement désinhibée que… Enfin, je n'ai pas besoin de te faire un dessin.

— Et après ?

— Je ne sais pas lequel de nous deux était le plus consterné. Il s'est répandu en excuses, mais je l'ai assuré que c'était ma faute. Je suis rentrée chez moi en courant. Il s'est marié quelques semaines après, juste quand j'ai fini par comprendre que j'étais enceinte. Je n'ai pas voulu détruire sa vie et celle de sa femme avec cette bonne nouvelle…

— Oh ! Bron ! dit Alicia en s'agenouillant aux pieds de sa mère. Tu as déjà raconté cette histoire à quelqu'un ?

— Seulement à George, quand il m'a demandé de l'épouser. A mon grand soulagement, il m'a dit que j'avais bien fait, mais que je te devais la vérité.

— Au moins, maintenant, je suis sûre de ne pas être le résultat d'un viol.

— Mon Dieu ! C'est ce que tu as pensé toutes ces années ? Pour en finir avec cette histoire, j'ai pensé déménager parce que j'étais enceinte ; Eira et Huw m'en ont empêchée. Ils ont été merveilleux. Jamais ils ne m'ont demandé qui était le père, et ils m'ont soutenue quand j'ai décidé de garder le bébé. Eira m'a même proposé de s'occuper de toi pour que je puisse continuer à suivre mes cours à la fac. Je leur dois tellement que je ferais n'importe quoi pour éviter qu'ils souffrent. Et aussi pour Gareth, que j'aime beaucoup. Il faut régler cette histoire sans que son amour-propre en pâtisse trop et sans que ses parents en sachent rien.

— C'est pour cette raison que je t'ai appelée tout de suite à l'aide. Mais avant d'en discuter, il y a une chose que j'aimerais savoir : est-ce que je ressemble à mon père ?

— Pas du tout : il était brun aux yeux bleus. Quand tu es née, j'ai été absolument ravie de voir que tu étais rousse. Tes yeux étaient noirs comme les miens, mais pour les taches de rousseur, les fossettes et le reste, tu es le portrait de ma grand-mère. Pour la remercier, je t'ai donné son prénom.

— Merci, grand-mère, lança Alicia en se levant pour resservir du café. Mais pour en revenir à Gareth, que faire ?

— N'oublie pas que tu es toujours mariée. Il suffirait que Gareth s'imagine que tu t'es réconciliée avec Francesco… A propos, tu as gardé la photo de lui qui était dans ta chambre ?

— Non, mentit Alicia.

Jamais elle n'avouerait à personne, même à Bron, qu'elle n'avait pas eu le cœur de la jeter.

— Veux-tu que je t'emmène à l'aéroport, mardi ?

— Merci, mais avec le billet, j'ai reçu un mot précisant qu'une voiture viendrait me chercher.

— Dis donc, il a vraiment envie de te voir à Montedaluca !

— Evidemment. Tant que je n'aurai pas signé, il ne peut pas divorcer et se remarier.

— Tu es sûre que c'est ce qu'il veut ?

— Que pourrait-il désirer d'autre ?

— Et toi, après ton divorce, tu penses te remarier ?

— Qui sait ? Mais pour le moment, j'aime bien ma vie telle qu'elle est.

7.

Francesco arpentait le hall de l'aéroport Galileo Galilei de Pise, furieux contre lui-même d'être arrivé si tôt. Il allait encore devoir attendre un bon moment pour savoir si Alicia se trouvait à bord de l'avion. Une fois de plus, il se remémora leur dernière rencontre, chez elle. Comme elle lui avait paru émancipée, sophistiquée même ! Si différente de la gamine timide et séduisante dont il était tombé amoureux à Florence. Et plus trace des taches de rousseur qu'elle détestait tant…

Lorsqu'il avait cessé de supplier Bronwen Cross de l'autoriser à voir sa fille, sa fierté de da Luca lui avait commandé d'oublier définitivement Alicia ; d'une certaine façon, il y était parvenu. La Toscane regorgeait de femmes ravissantes, son mariage le protégeait de tout engagement, et plus d'une l'avait aidé à apaiser l'humiliation du départ de sa jeune épouse. Cependant, la mort de sa mère avait fait prendre à sa vie une autre orientation, surtout lorsqu'il avait eu connaissance du legs qu'elle avait fait à sa belle-fille. Juste après, il avait reçu ce billet pour le match Italie-Pays de Galles, accompagné d'une invitation à déjeuner avant le match avec d'anciens adversaires du temps où il jouait encore. Un signe du destin ?

Quand il s'était retrouvé face à Alicia, il avait été étonné de voir à quel point elle avait changé, puis stupéfait qu'une femme si désirable n'ait aucun homme dans sa vie. Durant la réception où il l'avait trouvée si séduisante, il avait eu le plus grand mal à cacher la fureur que provoquaient en lui les regards des autres hommes posés sur elle.

Il consulta le tableau des arrivées et jura en constatant que le vol avait du retard. Il se remit à arpenter le hall en repensant aux jours bénis passés à Florence, quand il se sentait plus amoureux de jour en jour de la timide jeune Galloise qu'il considérait comme un parangon d'innocence et de pureté.

Son regard se radoucit. Lorsqu'elle avait remonté l'allée de l'église dans sa robe de satin, tenant un bouquet de roses crème, sa chevelure flamboyante dissimulée sous son voile, Alicia était aussi pure et pâle que les lys qui ornaient l'autel. Sa petite main avait tremblé dans la sienne tandis qu'elle formulait les réponses d'une voix émue. Cette longue messe l'avait épuisée, tout comme la réception interminable au *castello* qui avait suivi. Cette nuit-là, après avoir tendrement embrassé sa femme, Francesco l'avait laissée dormir tranquille dans son lit.

Il s'était dit qu'ils consommeraient leur mariage dans la suite nuptiale de l'hôtel parisien qu'ils avaient choisi pour leur lune de miel. Alors il s'était retenu.

Dès qu'ils s'étaient retrouvés seuls, en cette fin d'après-midi parisienne, sa charmante épouse, visiblement aussi impatiente que lui de conclure, lui avait demandé d'attendre quelques instants. Et quand elle était enfin ressortie de la salle de bains…

Elle avait défait son chignon et s'était maquillée au point de se rendre presque méconnaissable. Sa nuisette transparente et outrageusement décolletée lui arrivait à mi-cuisses. Un instant, il était demeuré sans voix devant ce spectacle inattendu et presque grotesque, avant de déverser sur elle un torrent d'insultes dans un mélange d'italien et d'anglais. Rien qu'à son expression, elle en avait compris la plupart, y compris l'horrible « *puttana* ».

Aujourd'hui, il réalisait à quel point il s'était montré cruel dans sa frustration quand il avait ordonné à sa jeune épouse en pleurs d'aller se débarbouiller. Puis il avait quitté la pièce et était descendu au bar dans l'espoir de se calmer. Quand il était revenu, bourrelé de remords, Alicia avait disparu sans emporter aucun bagage, lui laissant, en guise de message d'adieu la nuisette de dentelle noire sur laquelle elle avait déposé son alliance et la bague de fiançailles que se transmettaient de génération en génération les da Luca.

Dio ! En frissonnant il se rappela ses appels frénétiques au directeur de l'hôtel pour essayer d'en savoir plus long. Puis le téléphone avait sonné. En reconnaissant la voix d'Alicia, il avait ressenti un tel soulagement qu'il avait à peine compris ce qu'elle lui disait.

— Mon ignoble personne a définitivement disparu de ta vue et de ta vie. Adieu.

— Alicia…

Mais elle avait déjà raccroché. Il avait immédiatement appelé Bronwen Cross. Son soulagement avait été de courte durée : Alicia l'avait appelée, mais sa mère refusait d'en dire plus long avant de l'avoir vue. Le lendemain matin, elle avait néanmoins rappelé Francesco pour l'informer que sa fille était rentrée dans un état de profonde détresse.

— J'ignore ce que vous avez pu lui faire, mais une chose est claire : elle ne veut plus ni vous parler ni vous revoir. Jamais.

Francesco revint au présent en voyant le vol d'Alicia s'afficher sur le tableau. De longues minutes plus tard, son cœur bondit de joie en apercevant, dans un flot de passagers, une chevelure rousse. Mais Alicia, vêtue d'un jean et d'une veste en lin, n'était pas seule.

— Non, vraiment, je vous remercie, l'entendit-il dire à son compagnon. Pouvez-vous me rendre mon sac ? Je vais me débrouiller.

Il se dirigea vers elle et l'embrassa sur les deux joues.

— *Com'esta, carissima ?* Ton vol s'est bien passé ?

Elle lui sourit avec un tel soulagement que ses fossettes réapparurent. Il fut alors pris d'une terrible envie de la serrer contre lui et de l'embrasser à perdre haleine.

— *Mille grazie*, dit-il en s'emparant du sac que portait l'homme. Vous avez été très aimable d'aider ma femme.

— Trop heureux d'avoir pu lui rendre service, répondit l'autre en s'écartant.

— Merci beaucoup et au revoir, renchérit Alicia.

— Alors, tu es venue…

Francesco roulait sur la route express qui menait à Florence. Ils n'avaient pas échangé un mot depuis leur départ de l'aéroport.

— Je te l'avais promis.

— Tu es superbe, mais tu as l'air un peu fatigué. Tu travailles beaucoup ?

— Pas plus que d'habitude.

— Essaie de te reposer un peu pendant que tu es ici.

— Je ne resterai pas suffisamment longtemps.

Pourtant, au soleil de Toscane, Alicia ne se sentait plus un besoin aussi urgent de partir.

— Je vais essayer de te faire changer d'avis, affirma Francesco.

— Je peux te demander une faveur ? Pourrait-on s'arrêter un moment avant d'arriver à Montedaluca, pour que je me change. Je n'ai pas envie d'arriver là-bas en jean.

— Même si ça te va à ravir ? *Va bene*. Mais j'ai une suggestion à te faire.

— Laquelle ?

— *Il notaio* qui s'occupe de la succession n'est pas disponible avant jeudi, alors nous pourrions nous arrêter à Florence pour y passer la nuit avant de repartir pour Montedaluca. Mon appartement comporte deux chambres, ajouta-t-il avec un regard inquiet.

Au lieu de lui opposer un refus catégorique, que Francesco redoutait sans doute, Alicia se surprit à envisager cette possibilité. Puisqu'elle aurait sa chambre, pourquoi ne pas différer son arrivée à Montedaluca en s'arrêtant à Florence ? songea-t-elle.

— J'ai remarqué que tout à l'heure, tu m'avais désignée comme ta femme, lança-t-elle au lieu de répondre à Francesco.

— Ça t'a contrariée ? C'était pourtant le moyen le plus efficace de te débarrasser de cet importun. Tu regrettes ?

— Bien sûr que non. Il était assis à côté de moi dans l'avion et n'a pas cessé de bavarder. Il m'a même invitée à déjeuner.

— Pourquoi ne pas lui avoir dit que ton mari t'attendait ?

— Je ne pense pas à toi comme à mon mari, et tu aurais aussi bien pu envoyer un chauffeur me chercher, comme à Cardiff. Néanmoins, merci d'être venu.

— Tout le plaisir est pour moi. Tu ne te doutais pas que je viendrais ? ajouta-t-il en lui prenant la main.

Francesco conduisait vite, et elle redoutait les autoroutes. Elle lui demanda donc de tenir le volant à deux mains.

— *Scusi.* J'avais oublié que la voiture te rendait nerveuse.

— Quand je conduis, je me sens parfaitement à l'aise.

Le reste du voyage se passa en silence. Alicia, qui avait accepté de passer la nuit à Florence, se le reprochait, même si elle en avait très envie. Inutile de se leurrer, dès l'instant où elle avait aperçu Francesco au Millenium Stadium, elle avait senti renaître les sentiments qu'elle avait éprouvés pour lui naguère. Jamais elle ne ressentirait rien de semblable pour un autre homme. Quelle folie ! Il fallait qu'elle se débarrasse de ce spectre qui la hantait. *Mais pourquoi ne pas profiter de cet agréable interlude ?* lui suggéra une petite voix intérieure.

Elle poussa un soupir de bien-être en pénétrant dans l'appartement agréablement frais et se dirigea droit vers la fenêtre qui dominait la Piazza della Signoria.

— Persée est toujours là, lui dit Francesco. Je vais déposer ta valise dans ta chambre. Voudras-tu une tasse de thé ?

Elle le suivit, mais s'arrêta sur le seuil de la pièce.

— Mais c'est ta chambre ! Pourquoi ne m'as-tu pas installée dans l'autre ?

— Celle-ci a une salle de bains attenante et une plus jolie vue, dit-il avant de s'approcher pour lui arranger une mèche folle. Et tu aimes les belles vues, n'est-ce pas ?

Il la fixa de ce regard intense qui lui faisait jadis battre si fort le cœur. Aujourd'hui encore… Mais quelle bêtise ! Elle aurait mieux fait d'exiger d'aller tout droit à Montedaluca.

— Oui. Je boirai volontiers un thé, mais auparavant, je crois que je vais prendre une douche.

— Comme tu voudras, lança-t-il en la laissant seule avec la vue.

Alicia n'avait pas emporté grand-chose, mais mit un certain temps à ranger ses affaires dans la splendide armoire où Francesco avait laissé les siennes. Dans la salle de bains, elle eut plus de mal encore en retrouvant la fragrance d'Aqua di Parma, subtile et familière, qui l'avait déjà enivrée dans le taxi, à Cardiff, après la réception. Elle se déshabilla, se doucha rapidement et se changea avant de rejoindre Francesco dans le salon, où, à sa grande surprise, aucun thé ne l'attendait.

— J'ai pensé que tu préférerais le prendre chez Rivoire, lui expliqua-t-il en la contemplant avec un plaisir non dissimulé.

Une fois de plus, Alicia rendit grâce à sa mère pour son bon goût. Ce pantalon en lin et ce haut de soie ivoire n'étaient pas donnés, mais le regard de Francesco témoignait que cet argent n'avait pas été dépensé en vain.

— Tu es très élégante. Dis-moi, qu'est-il arrivé à tes taches de rousseur ?

— Rien, hélas. Je me contente de les cacher sous un fond de teint spécial.

— Je les regrette, assura-t-il tandis qu'ils prenaient l'ascenseur. Et tes fossettes aussi, mais elles ont miraculeusement réapparu quand tu m'as souri, à l'aéroport.

— J'étais soulagée de te voir, reconnut-elle. Cet homme dans l'avion était insupportable.

— Je lui suis pourtant reconnaissant pour le sourire qu'il a provoqué sans le vouloir.

Ils marchèrent un instant dans la douceur du soleil déclinant. Arrivés au Rivoire, Francesco lui avança une chaise. La terrasse de leur première rencontre… Alicia lui jeta un regard troublé tandis qu'il passait commande.

— Qu'est-ce qui te préoccupe ? Tu as l'air inquiète.

— Je songe qu'en cohabitant avec toi, je compromets peut-être la procédure du divorce. En définitive, nous aurions mieux fait d'aller directement à Montedaluca dès ce soir.

— Tu n'y es attendue que demain. Personne ne sait que tu passes la nuit dans cet appartement. Tu as donc tellement hâte de divorcer ?

— Pas du tout. C'est toi qui désires ce divorce, pas moi.

— Mais non. En certaines circonstances, il est préférable d'être marié.

— Je comprends. Tu veux le beurre et l'argent du beurre : ta maîtresse du moment a envie de se marier et tu peux regretter tristement que ta femme s'y oppose.

— Ce schéma pourrait fonctionner tout aussi bien pour toi, n'est-ce pas ?

Ils se turent en voyant approcher le serveur avec leur commande.

— En général, reprit-elle une fois le garçon parti, je préfère éviter le sujet. Mais si on me pousse dans mes retranchements, je suis bien obligée de parler de toi.

— Ah ! Ah ! Le squelette dans le placard ! Mais il y a des gens qui me connaissent.

— La famille Davies et la mienne, mais le sujet n'est jamais abordé.

— Parce qu'ils croient que j'ai fait preuve de cruauté envers toi.

— C'est bien la vérité !

— Si je pouvais effacer de ta mémoire les mots que j'ai prononcés, je le ferais. A n'importe quel prix, lança-t-il en la fixant droit dans les yeux.

— Trop tard. Mais si tu n'es pas pressé de divorcer, pourquoi as-tu tant insisté pour me faire revenir ici ?

— Pour que tu signes les documents relatifs à la succession de ma mère.

— Et le divorce ?

Il se carra sur sa chaise, avec cette grâce innée et négligente qu'elle lui avait toujours connue.

— Je suis catholique. Même si la situation a beaucoup changé en Italie, comme dans le reste du monde d'ailleurs, personnellement, j'ai beaucoup de mal à envisager un divorce. Mais si tu y tiens, je ne m'y opposerai pas. Tu n'auras qu'à demander à Huw Davies de te représenter.

— Je croyais que tu désirais te remarier pour que Montedaluca ait un héritier.

— Si j'ai un jour le bonheur d'avoir un enfant, je serai heureux d'être père, pas d'avoir engendré un héritier pour Montedaluca.

— Je te fais mes plus plates excuses, *conte* da Luca, ironisa-t-elle. On m'avait pourtant bien seriné que mon devoir d'épouse était de concevoir au plus vite un héritier pour Montedaluca.

Un moment, leur table fut comme une oasis de silence dans le bruit et l'agitation de la *piazza*.

— Ma mère a commis beaucoup d'erreurs à ton sujet, finit par reconnaître Francesco en soupirant. C'est un miracle que tu sois partie après le mariage, pas avant.

— J'étais follement amoureuse, même si dès le premier jour passé à Montedaluca, je me suis demandé si j'avais raison de me marier si précipitamment. Plus tard, je me suis dit qu'après tous les préparatifs qu'avait faits ta mère, il m'était impossible de faire machine arrière. Je n'en avais pas le courage. Je n'étais qu'une gamine, bien moins mûre que la plupart des filles de mon âge.

— Tu étais délicieuse, et c'est pour ça que je n'ai pas compris.

Il s'interrompit, haussa les épaules, puis reprit d'un ton plus badin :

— Mais à quoi bon les regrets ? Profitons plutôt des quelques instants que nous passons ensemble. Me détestes-tu toujours, Alicia ?

Elle détourna les yeux vers la place que commençait à gagner l'obscurité. Les lumières s'allumaient une à une. Neptune luisait au milieu de ses néréides, tout comme David et Persée sous leurs projecteurs, tandis que Florence se préparait à profiter de cette soirée. Mieux valait en faire autant, songea-t-elle. Elle n'aurait guère l'occasion d'y revenir par la suite, de peur de raviver de douloureux souvenirs.

— Je ne te déteste pas.

C'était la vérité. A l'instant même où elle avait appris qu'il était venu la chercher à Cardiff, ou peut-être même avant, en le voyant, son cœur avait changé. Sinon, elle aurait refusé de faire ce voyage, quel qu'en soit le motif.

— C'était une bonne idée de nous arrêter à Florence,

concéda-t-elle. J'arriverai à Montedaluca dans un meilleur état d'esprit.

— Je suis heureux que tu ne me détestes pas, répondit-il en lui touchant fugitivement la main.

— En fait, je te croyais ravi d'être débarrassé de moi. Comme il m'était impossible de dire à Bron ce qui s'était vraiment passé, elle s'est imaginé un scénario encore pire et vous a renvoyés, la *contessa* et toi. Et elle a fait jurer aux autres de ne rien dire de votre visite.

— Quel soulagement de savoir qu'elle n'imagine pas que je t'ai frappée — ou pire.

— Tu m'as seulement brisé le cœur. Mais comme je te l'ai déjà dit, je vais mieux.

De nouveau, ils gardèrent le silence.

— Si cela peut te consoler, mon cœur aussi a souffert.

— Je l'ai compris, et le seul fait que tu sois venu jusqu'à Cardiff avec la *contessa* m'a un peu apaisée. J'aurais préféré le savoir sur le moment, mais inutile de revenir sur le passé.

— *Va bene*. Nous voici donc de retour sur le lieu où nous nous sommes rencontrés. Mieux vaut que j'en profite car quand cela se reproduira-t-il ?

— Tu as raison.

— Alors, au lieu d'échanger de tristes propos, si nous mangions ?

— Manger ! C'est bien italien ! remarqua-t-elle en riant.

— Comme c'est bon de t'entendre rire, déclara-t-il en se levant. Où veux-tu manger ?

— Pourquoi pas dans ce restaurant aux si belles fresques ?

— Excellent choix !

Tandis qu'ils se dirigeaient vers Santa Croce, Alicia n'était plus si sûre de la pertinence de son choix. Revenir là où ils avaient pour la première fois dîné ensemble lui semblait bien imprudent, compte tenu des circonstances.

Francesco était vêtu d'un costume semblable à celui qu'il portait ce jour-là, mais la robe qu'elle avait achetée pour faire impression à Montedaluca était très différente de la tenue sans prétention de son dix-huitième anniversaire. Une robe du soir parfaite, sans manches, coupée en biais, d'un rose très pâle. Et, pour une fois, ses boucles flamboyantes lui tombaient sur les épaules, retenues sur la nuque par une barrette d'argent.

— Comme tu es belle ! C'est ta mère qui a fait cette robe ?

— Non, mais elle me l'a offerte. Ces derniers temps, elle ne coud presque plus. Après son mariage avec George, elle a engagé deux directeurs, l'un pour la boutique et l'autre pour l'atelier de fabrication. Elle continue à surveiller l'affaire et donne parfois un coup de main. Si une amie le lui demande, il lui arrive même de dessiner la robe de mariée de sa fille.

— La robe qu'elle t'avait imaginée t'allait à ravir.

— Qu'est-elle devenue ?

— Je l'ai rangée soigneusement au *castello*. Tu veux la récupérer ?

— Tu veux que je t'en débarrasse ?

— Je préférerais la garder, en souvenir de ce qui aurait pu advenir.

Elle acquiesça, la gorge soudain serrée. En montant les marches qui menaient au restaurant, elle fut submergée par une émotion douce-amère. Une fois installée, elle jeta un regard mélancolique à la fresque de chevalerie qu'éclairait la lumière vacillante des bougies. La magie n'avait pas disparu, bien au contraire.

— Tu as eu de la chance de trouver si rapidement une table.

— Je l'avais déjà réservée, répondit-il alors que le maître d'hôtel arrivait avec les menus.

— Comment savais-tu que je choisirais ce restaurant ? lui demanda-t-elle, non sans agacement.

— Je n'en savais rien, mais j'ai quand même réservé. Parce que, en cette saison, c'est impossible à la dernière minute. Qu'as-tu envie de manger, *cara* ?

— Pourquoi pas du porc rôti au romarin ?

— Moi aussi. On pourrait boire un vin rouge de Montedaluca, non ?

Même si la cuisine n'avait pas été délicieuse, le cadre aurait suffi à enchanter Alicia, tout autant que le vin qu'on lui servait.

— Ce lieu est aussi magique que dans mon souvenir.

— Je n'y suis plus revenu depuis ton dîner d'anniversaire.

— Pourquoi ?

— Après ta disparition, cela aurait été trop douloureux, dit-il en la fixant droit dans les yeux. Jamais je n'aurais cru, ni même espéré, que nous dînerions de nouveau ici.

— Moi non plus.

— As-tu remarqué que dès que tu es entrée dans cette salle, tous les regards se sont tournés vers toi.

— C'est très flatteur.

— Tu dois en avoir l'habitude.

— Les joueurs de rugby sont très bien élevés, du moins ceux que je côtoie. En fait, il y en a un que j'ai vu pas mal ces derniers temps. Jason Forrester, un Anglais, ex-joueur des Saracens. Tu le connais ?

— Non. Tu sors avec lui ?

— Plus maintenant. On était tellement pris tous les deux que ça devenait difficile. Comme il cherchait une relation plus stable, j'ai mis le holà.

— Pourquoi ?

— Je ne suis pas intéressée par le mariage, ni même par une relation longue durée.

— Et un dessert, ça t'intéresse ? demanda-t-il après l'avoir contemplée longuement.

— Non, mais ce repas était délicieux. Merci beaucoup.

— Tout le plaisir a été pour moi.

En silence ils revinrent à l'appartement. En arrivant, Alicia se sentit brusquement épuisée — elle n'avait guère dormi depuis le choc de l'intrusion de Gareth. En ce moment, tous les hommes semblaient se liguer pour la harceler.

— Tu veux boire quelque chose ? s'enquit Francesco. Un thé ? Un café ?

Elle étouffa un bâillement, impatiente de se mettre au lit.

— Non merci. Je n'ai qu'une envie : dormir.

— Tu peux dormir autant que tu voudras. J'ai dit à Giacomo que nous arriverions à Montedaluca pour déjeuner.

— Merci. Bonne nuit.

— *Buona notte*, Alicia.

Apaisée, elle referma en souriant la porte de sa chambre derrière elle. Elle se déshabilla, passa quelques minutes dans la salle de bains et se glissa dans le beau lit sculpté de Francesco avec un soupir d'aise. Heureusement que Gareth ignorait où elle se trouvait cette nuit, songea-t-elle avant de sombrer dans le sommeil.

8.

Des mains puissantes se refermaient autour de son cou, cherchant à l'étrangler tandis qu'une bouche dévorante se posait sur la sienne. Elle poussa un cri de panique… avant de se réveiller en sursaut !

La lumière inonda la pièce. Au pied du lit, se tenait Francesco, enveloppé dans une robe de chambre.

— Excuse-moi… Je… j'ai fait un cauchemar…, balbutia-t-elle, tremblante.

Il s'assit au bord du lit et la prit dans ses bras.

— *Gran Dio.* Qu'est-ce que tu as rêvé ?

— Je ne m'en souviens pas.

Il s'écarta soudain en lui jetant un regard consterné.

— Tu es trempée, et les draps aussi, dit-il en se précipitant dans la salle de bains.

Il en revint avec un peignoir de bain.

— Enfile ça. Je vais chercher d'autres draps.

— Je vais prendre une douche.

— Plus tard, *cara.*

Une fois seule, elle ôta son pyjama et passa le peignoir — qui avait gardé l'odeur de Francesco. Quelle idiote d'avoir pensé à Gareth juste avant de s'endormir ! Elle s'assit à la table et sourit en voyant revenir son mari, les bras chargés de linge de maison.

— Excuse-moi de t'avoir effrayé. Je n'aurais pas dû boire ce second verre de vin.

— Ce n'est pas le vin, dit-il en commençant à défaire le lit. En fait tu rêvais de Gareth et tu le suppliais d'arrêter.

— Ce n'était qu'un rêve, assura-t-elle tandis qu'il refaisait le lit avec une efficacité surprenante.

— Tu fais souvent ce genre de cauchemar ?

— Ces derniers temps seulement.

— Il s'est donc passé quelque chose, dit-il en lui effleurant la tête. Tes cheveux sont encore trempés, *carina*. Va prendre ta douche. Après, tu préféreras du thé ou une boisson froide ?

— Une boisson froide, s'il te plaît.

Quand elle ressortit de la salle de bains, enveloppée dans sa robe de chambre, le lit était impeccablement refait. Elle était en train de peigner ses cheveux encore humides quand Francesco frappa discrètement à la porte.

— Tu vas mieux ? demanda-t-il en déposant sur la table un plateau chargé.

— Beaucoup mieux. Excuse-moi encore.

— Alicia, il est évident que tu n'as pas fait un pareil cauchemar sans raison. Tu t'es disputée avec Gareth ?

— Pas vraiment. Il y a eu un malentendu, mais maintenant, tout est réglé.

Ou du moins, elle l'espérait…

— *Bene*. Remets-toi au lit.

— Je préfère rester assise pour éviter de mouiller mon oreiller. Tu sais que je suis impressionnée, ajouta-t-elle avec un sourire.

— Que je sache faire mon lit ?

Il lui tendit un verre de jus d'orange avant d'éclater de rire, ressuscitant le jeune rugbyman de la photo qu'elle avait conservée.

— Tu m'en croyais incapable ? reprit-il. Au *castello*, je ne fais rien de tout ça, mais ici, je n'ai qu'une aide-ménagère, ce qui me permet d'être plus libre.

— J'ai du mal à t'imaginer en train de passer l'aspirateur. Il est vrai qu'aujourd'hui, avec toutes les femmes qui travaillent, les hommes participent davantage au ménage, y compris les joueurs de rugby. Et ce n'est que justice.

— *Davvero !* acquiesça-t-il en s'asseyant au pied du lit. Tu te sens mieux ?

— Oui.

— Alors, *per favore*, parle-moi de ce malentendu entre Gareth et toi. Il n'était pas content que tu retournes à Montedaluca ?

— Non. Il est même venu à Cardiff me demander, me supplier plutôt, de ne pas y aller.

— Il doit me détester. Il est fou de toi, Alicia. Quand tu m'as quitté, il était prêt à tout pour que tu l'épouses.

— Comment le sais-tu ? Jamais je n'aurais cru…

Elle se remit à trembler. Francesco s'empressa d'aller chercher une couverture dans la commode pour l'envelopper.

— Je m'étonne que tu n'aies jamais deviné les sentiments de Gareth.

— Pour moi, il a toujours été un frère.

— Mais lui ne te considérait pas comme une sœur.

— Apparemment non.

— Quand nous aurons divorcé, tu vas l'épouser ?

En voyant la jeune femme pâlir, Francesco se glissa auprès d'elle et lui prit la main.

— Tu es malade. Ça ne va pas, *tesoro* ?

Alicia s'accrocha à cette main tiède et chaleureuse et réfléchit longuement en silence avant de prendre sa décision.

— Francesco, je vais te confier un secret. Jure-moi de n'en parler à personne.

— Je te donne ma parole de da Luca. Mais tu m'inquiètes.

— C'est davantage un problème qu'un secret.

— Attends, il faut que je me lève parce que j'ai un genou qui me cause problème. Mais n'en dis rien à personne, ce serait mauvais pour mon image. Tu dois aller mieux car on voit de nouveau tes taches de rousseur. Alors, ce secret ? Tu as enfin résolu l'énigme de l'identité de ton père ?

— Oui.

Elle lui raconta dans les grandes lignes ce qui était arrivé à sa mère. Francesco l'écouta sans broncher avec attention, avant de se rapprocher d'elle pour lui reprendre la main.

— Et avec Gareth, où est le problème ?

— Quand il est venu pour m'empêcher de te rejoindre à Montedaluca, il s'est jeté sur moi.

— *Santo cielo !* Alors, ton cauchemar venait de là ! Et qu'a dit ta mère quand elle a appris ce qu'il t'avait fait ?

— C'est là qu'elle m'a révélé qui était mon père, pour me faire comprendre l'importance de l'aide que lui avaient apportée Eira et Huw ; non seulement pendant sa grossesse, mais jusqu'à aujourd'hui. Elle voudrait leur épargner le chagrin que risque de leur causer cette histoire entre Gareth et moi. Bron s'est toujours fait du souci à ce sujet.

— Mais pas toi ?

— Non, et c'est pour cette raison que j'ai éprouvé un tel choc quand il a tenté de m'embrasser.

— Il ne t'a pas fait… de mal ?

— Non. Mon problème, c'était de lui cacher à quel point ce baiser me révoltait.

— Ta mère t'a donné des conseils sur la façon de te tirer de ce mauvais pas ?

— Elle a dit que je ferais mieux de me trouver un petit ami au plus vite.

— A quoi bon un petit ami, alors que tu as déjà un mari ? Tu n'as qu'à dire à Gareth que nous allons reprendre la vie commune.

— Il ne me croira pas. Et quand bien même, j'imagine déjà sa réaction, lui qui pensait que si je revenais à Montedaluca, tu risquais de me retenir prisonnière dans ton *castello.*

— C'est un amateur de romans gothiques ?

— Non. Il préfère les biographies de rugbymen. Mais dès qu'on cite ton nom, il a tendance à perdre son sang-froid. Il a même menacé de te casser la figure.

— Qu'il essaie ! Mais sérieusement, Alicia, l'idée de ta mère est excellente. Elle n'a qu'à lui raconter que tu vas passer un moment à Montedaluca. Avec ton mari.

— Jusqu'à ce qu'il se calme ?

— *Davvero.* Quand tu rentreras chez toi, je t'accompagnerai et je ferai la paix avec ta mère. Alors, Gareth sera convaincu que nous nous sommes réconciliés.

— Très bien, acquiesça-t-elle, sans trop savoir à quoi elle s'exposait, soudain submergée de fatigue. Excuse-moi, je suis épuisée.

— Oublie ces lourds secrets et dors. Mais n'hésite pas à m'appeler si tu fais encore un mauvais rêve. *Buona notte*, dit-il avant de l'embrasser sur la joue.

— Bonne nuit, Francesco.

Dès que la porte se fut refermée, elle se glissa entre les draps frais avec un soupir d'aise, mais laissa la lampe de chevet allumée.

Alicia fut réveillée par une merveilleuse odeur de café. On frappait à la porte et elle bondit hors du lit pour s'envelopper dans sa robe de chambre en tentant d'aplatir sa chevelure.

— *Buongiorno*, dit Francesco qui tenait un plateau, les cheveux encore humides. Tu as bien dormi ?

— Comme un loir. Mais j'avais besoin d'un peu de lumière, reconnut-elle embarrassée en éteignant la lampe de chevet.

— Rien de surprenant, dit-il. Tu as meilleure mine. Tu n'as plus fait de cauchemar ?

— Non. Accorde-moi cinq minutes, que je me coiffe et que je me lave les dents, et je suis à toi.

— Dépêche-toi, sinon il ne te restera plus de brioches !

Elle le rejoignit très vite. Durant des années, lorsqu'elle s'autorisait à penser à Francesco, c'était un monstre qu'elle évoquait. Mais depuis qu'elle l'avait revu, son avis avait considérablement évolué.

— A quoi penses-tu ? demanda-t-il en remplissant leurs tasses de café.

— Je ne m'attendais pas à ça.

— Comment ?

— Toi et moi, ensemble, comme de vieux amis, pas...

Elle s'arrêta et se mordit la lèvre.

— ... comme des ennemis, compléta-t-il en lui avançant une chaise. Peut-être es-tu désormais capable de penser à moi sans te rappeler la tragédie de notre séparation ?

— La *tragédie* ? répéta-t-elle, étonnée qu'il emploie ce mot.

— Quand un homme inflige à sa femme une blessure telle qu'elle s'enfuit la nuit de leurs noces, que dire d'autre ?

Alicia but une gorgée de café et mordit dans une brioche.

— Puisque tu abordes ce sujet, il est temps que tu saches comment j'en suis arrivée à me maquiller et à me vêtir de cette façon. L'idée ne venait pas de moi. J'avais reçu des instructions précises sur la meilleure façon de te séduire. Même si le résultat t'a donné la nausée !

— Des *instructions* ? Qui te les a données ?

Elle remplit leurs tasses en se demandant si Francesco supporterait la vérité. Mais le moment était venu de tout lui dire.

— Ta mère.

— *Cosa !* s'exclama-t-il comme si elle l'avait giflé. C'est ma mère qui t'a dit de te maquiller comme une... ?

— Pas personnellement, le coupa-t-elle avant qu'il ne répète le mot affreux qui l'avait tant choquée. Juste avant que je quitte le *castello*, elle m'a envoyé Cinzia avec un paquet et des instructions à lire quand nous serions à Paris. J'étais si contente qu'elle m'ait fait un cadeau que je l'ai remerciée de tout mon cœur en lui disant au revoir. Quand je l'ai ouvert, j'ai été choquée par les instructions qui accompagnaient la nuisette. Mais comme elles venaient de ta mère et précisaient ce que mon mari attendait de moi, je les ai suivies à la lettre.

— Tu dois te tromper. Jamais ma mère ne t'aurait offert ce genre de lingerie.

— Je savais bien que tu ne me croirais pas, s'écria Alicia, dépitée.

— Tu as gardé la lettre qu'elle t'avait écrite ?

— Bien sûr que non ! Je l'ai déchirée et jetée dans les toilettes avant de partir, répondit-elle avec un rictus de dégoût.

Francesco resta un moment silencieux.

— Je comprends tout, finit-il par murmurer. Juste avant que nous partions pour Cardiff, ma mère a renvoyé Cinzia. Et moi, j'étais trop bouleversé pour m'en soucier ou lui demander pourquoi. Cette fille ne m'avait jamais plu.

— Mais toi, tu lui plaisais, n'est-ce pas ?

— Un jour, elle s'est offerte à moi, reconnut-il avec une grimace. J'ai refusé.

— Avant mon arrivée à Montedaluca ?

— Oui.

— Elle s'est montrée extrêmement hostile à mon égard : je comprends pourquoi, maintenant. Tu es un homme très séduisant, Francesco, sinon ta photo ne serait pas restée si longtemps sur le mur de ma chambre.

Le regard de son compagnon s'illumina.

— J'avais oublié ! Tu l'as gardée ?

Elle n'eut pas le cœur de mentir.

— Oui. Dans une boîte avec d'autres photos de joueurs.

— Je suis donc un parmi tant d'autres. Enfin, c'est toujours mieux que si tu l'avais brûlée.

— Revenons-en à Cinzia. Tu crois que c'est elle qui a rédigé le papier qu'elle m'a apporté ?

— *Indubbiamente.* Et cette affreuse lingerie dont je me

suis débarrassé avant de quitter l'hôtel venait d'elle également, c'est certain. Tu étais une mariée parfaite, Alicia. Aucun artifice n'aurait pu te rendre plus belle que tu ne l'étais.

— A ce moment-là, je ne me suis même pas étonnée que ta mère ait pu m'envoyer une pareille horreur. Cinzia a dû l'acheter pour me déconsidérer à tes yeux.

— Nous ne le saurons jamais. Sauf si Giacomo sait ce qu'elle est devenue.

— Peu importe.

— Si jamais je la retrouve..., grommela-t-il, l'air menaçant.

— Nous ne sommes même pas certains que ce soit elle la coupable.

— Qui d'autre ? Je ne peux pas croire que ma mère ait pu faire une chose pareille.

— Tu dois avoir raison, acquiesça-t-elle, avant de consulter sa montre. A quelle heure devons-nous partir ? Il faut que je me prépare.

— Dans une heure, ça te va ?

— Bien sûr. D'où viennent ces brioches ?

— Je suis allé les acheter pendant que tu dormais. Et j'ai préparé moi-même le café, ajouta-t-il avec un clin d'œil espiègle.

Le trajet jusqu'à Montedaluca prit à peine une heure. Bien que Francesco lui ait juré que rien ne se passerait comme la première fois, sa gorge se serra en apercevant les hautes tours du *castello*.

Ils franchirent le vieux porche roman, traversèrent la place ornée d'une fontaine et passèrent devant le charmant petit hôtel où elle avait dormi la nuit précédant leur mariage, avec sa mère et la famille Davies. En reconnaissant l'église, elle enfonça les ongles dans ses paumes, puis son appréhension grandit encore quand ils laissèrent derrière eux la petite ville pour prendre la route escarpée qui menait au *castello.*

Lentement, Francesco s'engagea dans l'allée de cyprès. Au-dessus des cimes sombres des arbres, les tours se détachaient sur le ciel bleu éclatant, plus impressionnantes encore que la première fois qu'elle les avait vues. Il gara la voiture en bas du vieil escalier de marbre qui menait à la porte massive. Giacomo apparut et se hâta de venir les saluer, avec un sourire chaleureux.

— *Benvenuto, contessa.*

— *Grazie. Com'esta*, Giacomo ?

Prenant les bagages que Francesco avait tirés du coffre, il leur dit que ces dames les attendaient sur la terrasse, où le déjeuner serait servi une demi-heure plus tard — si toutefois cela convenait à la *contessa.*

Au regard de Francesco, elle comprit que sa surprise d'être si bien accueillie, et saluée par son titre, ne lui avait pas échappé.

— Nous montons un moment dans notre chambre avant de les rejoindre, dit-il à Giacomo.

Il prit fermement la main d'Alicia et le majordome les précéda dans le hall.

Rien n'avait changé. Ni les murs d'un ocre rouge très doux, ponctués à intervalles réguliers de hauts chandeliers, ni l'escalier à double révolution menant à la galerie — sur laquelle s'ouvraient en enfilade le salon d'apparat et la salle à manger — et, de chaque côté, aux tours qui abritaient les chambres. Laquelle leur avait été attribuée ? se demanda Alicia.

Au lieu de se diriger vers la chambre d'amis qu'elle avait occupée avant de se marier, Giacomo les guida vers la suite où elle n'avait dormi qu'une seule nuit, épuisée par la longue cérémonie, sans même se rendre compte qu'elle partageait le lit de son mari…

— *Grazie*, dit Francesco tandis que Giacomo déposait par terre leurs légers bagages. Nous serons en bas dans quelques minutes.

Alicia contempla le mobilier lourdement sculpté, tout comme l'énorme lit qui dominait la pièce.

— Puisque nous devons jouer la comédie de la réconciliation, lui dit Francesco, même si c'est pour peu de temps, il faut que tu partages ma suite. N'aie crainte, je dormirai dans le bureau. De la sorte, je serai là si jamais tu as un cauchemar.

Elle acquiesça sans enthousiasme.

— Tu as sans doute raison. Et maintenant, excuse-moi, mais je dois aller à la salle de bains me préparer à affronter nos hôtesses. D'ailleurs, j'ai été surprise par l'accueil de Giacomo : il avait vraiment l'air content de me revoir.

— Il l'est sûrement, *cara*. Il a si peur que je me sente seul.

— C'est le cas ?

— De temps en temps. Toute la journée, je travaille dur et le soir, je dîne avec Bianca et *zia* Luisa, quand elle est assez en forme, avant d'aller me coucher. La plupart de mes amis sont mariés et pères de famille. Quelquefois, ils m'invitent chez eux et je leur rends leur invitation. Parfois, je joue aux échecs avec Roberto Alva, notre médecin, qui est toujours *solo*. En comparaison de ta vie trépidante, ça doit te sembler bien monotone.

— Et ces filles que tu décourages en leur parlant de moi ?

— A Montedaluca, où l'on me connaît, ou même à Florence, j'ai renoncé à toute compagnie féminine. De temps à autre, je vais à Rome. J'y ai gardé quelques relations.

— Et ces... relations laissent tout tomber quand tu arrives ?

— Ces amies sont veuves ou divorcées, ou bien ce sont de brillantes femmes d'affaires qui ont choisi le célibat. Elles acceptent volontiers de dîner avec moi.

Je m'en doute, songea Alicia, avant de jeter un coup d'œil dans le miroir à son pantalon de lin et à sa chemise de coton.

— Si j'enfile une veste là-dessus, ça ira ?

Il acquiesça, tout en la détaillant lentement du regard.

— Oui. Tu es toujours très élégante.

— Merci. C'est grâce à Bron. En dehors du travail, je suis plutôt en jean et T-shirt.

— Tu peux en porter ici aussi. Hier, dans ton jean, tu étais superbe. Comme lors de notre première rencontre.

— Depuis, j'ai beaucoup changé, tu sais.

Quelques minutes plus tard, après s'être à peine maquillée et avoir dompté ses boucles rebelles en un chignon sévère, Alicia se glissa dans la veste que lui présentait Francesco.

— Regarde, lui dit-il en ouvrant sa paume où reposait un large anneau d'or.

— Je comprends pourquoi tu ne voulais pas me lâcher la main en montant l'escalier : de peur que Giacomo ne remarque que je ne portais pas d'alliance !

— J'ai été ravi de tenir ta petite main, dit Francesco en lui glissant la bague à l'annulaire, avant d'ouvrir la porte. *Contessa*, donnez-vous la peine…

— Ne m'appelle pas comme ça, je t'en prie.

— Si nous voulons convaincre les autres que nous vivons de nouveau ensemble, mieux vaut nous y habituer.

Alicia ne se souvenait que trop bien de la gigantesque cheminée et des hautes portes-fenêtres ouvertes sur l'immense terrasse où s'était déroulée la réception de leur mariage. C'était là aussi qu'elle avait rencontré pour la première fois sa future belle-mère. Mais aujourd'hui, aucune dame froide et élégante ne lui gâcherait la superbe vue panoramique sur les vignobles toscans. Les deux personnes assises à la table dressée à l'autre bout de la terrasse se tournèrent vers elle et la plus jeune se leva, les bras tendus.

— *Contessa*, comme je suis heureuse de vous voir ! Et vous aussi, bien sûr, Francesco.

— *Grazie*, Bianca.

Alicia prit les mains de son ex-professeur d'italien en souriant chaleureusement.

— Comment allez-vous, Bianca ?

Elle se dirigea ensuite vers la très vieille dame au visage ridé, dont le regard s'illumina quand Alicia l'embrassa sur ses deux joues poudrées.

— *Signora*, comment allez-vous ?

— Très bien, Alicia. Mais pourquoi ce « *signora* » ? Ne suis-je plus *zia* Luisa ?

— J'attendais seulement votre permission.

— Sonnez, *carina*, que Giacomo sache que nous sommes prêts, lui intima-t-elle.

Alicia trouva très étrange d'appuyer sur le timbre que personne d'autre que la mère de Francesco n'aurait à l'époque osé toucher, et plus encore de s'asseoir sur la chaise autrefois réservée à sa belle-mère. Désormais, la *contessa*, c'était elle…

— Je ne me souvenais pas que la vue était aussi belle, dit-elle à Francesco qui venait de s'asseoir à côté d'elle.

— Peut-être as-tu préféré l'oublier ? répondit-il à mi-voix.

Giacomo arriva, les bras chargés d'un plateau de *crostini* et d'une bouteille qu'il présenta à Francesco.

— *Grazie*, Giacomo, dit Alicia.

— D'après Francesco, vous aviez un travail très intéressant, dit Luisa en prenant un *crostino*. En quoi consistait-il au juste ? Mais parlez lentement, je n'ai plus pratiqué l'anglais depuis votre départ, *cara*.

« Consistait » ? Etait-elle censée avoir quitté son travail ? se demanda-t-elle en jetant un coup d'œil à Francesco.

— Oui, ces derniers temps, j'ai été très occupée.

— Cela avait-il quelque chose à voir avec le rugby ?

Alicia se lança dans des explications, et les deux dames s'étonnèrent qu'elle exerce son métier dans un domaine si masculin.

— Alicia a bien réussi, mais elle a dû travailler très dur et elle a besoin de repos, déclara Francesco.

— Il faut dormir beaucoup, comme moi, dit Luisa, avec une étincelle dans le bleu de ses yeux. Il faut lui laisser faire la grasse matinée, Francesco.

— Je ferai de mon mieux, *zia*, promit-il en remplissant les verres.

Alicia refusa de boire davantage. Elle devait garder les idées claires car visiblement, Luisa et Bianca pensaient qu'elle s'était réellement réconciliée avec son mari.

— Nous avons commandé un déjeuner léger, dit Bianca quand arrivèrent le fromage et les fruits. Mais Pina a prévu quelque chose de plus substantiel pour le dîner. Elle attend vos instructions, *contessa*.

— Je vous en prie, Bianca, appelez-moi par mon prénom.

— Avec plaisir. Et maintenant, je vais aider la *signora* à se préparer pour sa sieste.

Francesco se redressa pour aider sa tante à se lever, avant de laisser Bianca la guider vers sa chambre, dans l'autre tour.

— Eh bien, dit-il à Alicia, tu as survécu à ce déjeuner, bien que tu n'aies pas avalé grand-chose.

— J'étais un peu tendue, reconnut-elle. Elles m'ont donné l'impression de croire que j'étais revenue pour de bon.

— Elles étaient si contentes que tu reviennes, je n'ai pas voulu les décevoir.

9.

Alicia fixait le paysage sans le voir, tandis que Francesco pelait une pêche qu'il découpa ensuite en tranches.

— Mange, dit-il en lui tendant l'assiette.

Elle sursauta et posa les yeux sur le fruit.

— Oh ! merci, dit-elle avant d'avaler une tranche. Elle est délicieuse.

— Ici, tu as toujours adoré les pêches.

— Toujours ? J'y suis restée si peu de temps… Je suis surprise que tu t'en souviennes.

— Je me souviens de tout. J'étais si amoureux de ma petite *fidanzata* anglaise.

— Galloise, corrigea-t-elle pour endiguer la vague d'émotion qui la submergeait. Ou britannique, si tu préfères.

— Tu n'aimes pas que je parle de mes sentiments ?

Elle avala une autre tranche de pêche.

— Nous ne sommes plus les mêmes. Pendant des années, j'ai essayé de te haïr.

— *Essayé ?* releva-t-il avec dans les yeux une lueur qui fit battre plus vite le cœur d'Alicia.

— On ne se débarrasse pas d'un sentiment aussi facilement qu'on éteint une lampe. J'avais beau faire, je ne pouvais pas m'empêcher de t'aimer.

— Mais à la fin, tu as réussi.

— Je l'ai cru. Mais depuis que je suis ici, le dernier endroit où je pensais revenir, je commence à douter.

Elle vit avec soulagement Giacomo apparaître avec le café. Elle rassembla le peu d'italien qui lui restait pour dire au maître d'hôtel qu'elle allait descendre voir Pina.

— Maintenant que tu lui as parlé dans sa langue avec ce délicieux accent, il est définitivement ton esclave, déclara Francesco lorsque le vieil homme les eut laissés.

— Je ne resterai pas longtemps.

— Tu m'as dit que tu avais deux semaines de vacances. Pourquoi ne pas les passer ici, ne serait-ce que pour convaincre Gareth que nous sommes réconciliés ?

Alicia contempla en silence le superbe panorama. Sans la présence glaciale de sa belle-mère, le *castello* lui semblait beaucoup plus accueillant.

— C'est donc si difficile pour toi de vivre ici ? insista-t-il.

— Pas autant que je le croyais, car l'ambiance est beaucoup plus détendue. Je me donnais tellement de mal pour satisfaire ta mère... Mais puisque nous en sommes là, il faut que je t'explique pourquoi j'ai quitté Paris de cette façon.

— Je croyais le savoir, dit-il en la fixant d'un air stupéfait. J'avais prononcé des mots horribles qui t'avaient brisé le cœur.

— Ce ne sont pas seulement ces mots qui m'ont démolie. Je m'en serais remise, parce que j'étais follement amoureuse. Pour moi, le pire, c'était la façon dont la *contessa* m'avait traitée, alors que j'étais si heureuse de recevoir un cadeau d'elle. Quand j'ai vu ta réaction, je n'ai pas pu admettre qu'elle avait été à ce point cruelle. Maintenant, je sais que Cinzia avait tout manigancé, mais ton rejet, ajouté à l'apparente cruauté de ta mère, m'avait rendu insupportable la perspective de vivre à Montedaluca. Même si je t'aimais à la folie.

Francesco lui versa de nouveau du café en ravalant un juron incompréhensible.

— Bois, Alicia. Tu es toute blanche.

— J'ai le teint pâle, tu sais : ça va avec mes cheveux.

— Je t'aimais, insista-t-il. Il faut absolument que tu me

croies. Je t'adorais. Peux-tu imaginer ce que j'ai ressenti quand j'ai appris qu'on t'avait vue monter dans une voiture, cette nuit-là ? J'ai cru que tu avais été enlevée ; ou pire encore.

— Mais je t'ai appelé, Francesco.

— Comme si un message si froid pouvait me réconforter !

— Je ne voulais pas te réconforter, dit Alicia en ravalant ses larmes.

— Explique-moi ce qui s'est passé.

— Je me suis précipitée hors de l'hôtel dans l'espoir de trouver un taxi et d'attraper un Eurostar, mais je n'en ai pas trouvé. En revanche, un couple de personnes âgées qui passait en voiture s'est arrêté en me voyant en pleurs. Par une miraculeuse coïncidence, ils allaient prendre le ferry. Ils m'ont proposé de les accompagner.

— Tu leur as dit que tu cherchais à échapper à ton mari ?

— Non, que je m'étais disputée avec mon petit ami et que je voulais revenir chez ma mère. Ils étaient adorables : ils m'ont montré leurs passeports pour justifier leur identité et même le numéro de leur fils au cas où je voudrais appeler pour avoir une preuve supplémentaire. Une fois en Angleterre, ils m'ont même mise dans un train pour Cardiff. Tu connais la suite.

Il y eut un long silence.

— Rien de surprenant à ce que tu me détestes…, lâcha Francesco entre ses dents serrées.

— Plus maintenant. Oublions le passé. On ne peut pas revenir en arrière.

— Si tu n'étais pas si contrariée par l'attitude de Gareth, aurais-tu accepté de rester ici ?

— Sans doute pas. Rappelle-toi que j'étais venue signer des papiers. Comme je viens juste de rompre avec Jason, si Gareth apprend qu'un autre a pris immédiatement la suite, jamais il ne le croira. Mais si c'est toi, ce sera plus vraisemblable, et cela évitera de perturber Meg et leurs parents.

C’est essentiellement ce qui nous tient à cœur, à Bron et à moi. Sauf que Gareth risque de vouloir te casser la figure.

— Ce ne sera pas si facile que ça.

— C’est ce qu’a dit ma mère. Pour elle, tu représentes la meilleure force de dissuasion. En tant que joueur de rugby, tu es le seul capable de lui résister.

— Très flatté. Je la remercierai quand je la verrai.

Alicia étouffa un bâillement.

— Désolée. Toutes ces émotions m’ont épuisée. Cela te gênerait que je fasse une petite sieste, comme *zia* Luisa ?

— Non, *carina*. Excellente idée. Tu n’as guère dormi la nuit dernière.

— Cela fait longtemps que je dors très mal. Les révélations de Bron et la peur que m’a causée Gareth… Zia Luisa se lève tous les jours pour le dîner, ces derniers temps ? demanda-t-elle tandis qu’ils se dirigeaient vers leur suite.

— Cela dépend. Nous ne dînons ici que lorsque nous avons des invités. Quand j’ai réduit le personnel, j’ai demandé que le dîner soit servi dans la petite pièce qui donne sur la loggia, au rez-de-chaussée, ou dans la loggia elle-même quand il fait assez chaud. C’est plus facile pour Pina et plus…

— … intime ?

— *Esattamente*. Personnellement, je n’ai pas besoin de tout l’apparat qu’exigeait ma mère.

— Elle avait toujours vécu de cette façon.

— Pas du tout, déclara Francesco en ouvrant la porte de la suite, même si elle tenait à en donner l’impression. En fait, quand elle a connu mon père, elle travaillait dans un hôtel que possédait le sien, à Milan. Elle était très belle.

— Elle l’était encore quand je l’ai connue. Ton père est tombé amoureux d’elle ?

— Sans doute. Elle n’était pas portée sur les confidences. C’est *zia* Luisa qui m’a révélé qu’il avait connu beaucoup de femmes, mais s’était toujours arrangé pour éviter de se marier. A cinquante-six ans, il s'est décidé et je suis né neuf mois après. Heureusement que je lui ressemble beaucoup, ajouta-t-il, cynique.

— Je sais. J'ai vu des photos, dit Alicia en se blottissant contre les oreillers. Rien de surprenant à ce que ta mère ait été déçue en découvrant ta *fidanzata*. Elle espérait que tu épouserais une vraie aristocrate, pas une fille comme moi. Pour notre mariage, je n'ai vu personne de sa famille.

— Elle a refusé de les inviter. Quand elle était enfant, son père tenait une petite *trattoria* ; avec le temps, l'affaire a grandi et il a acheté l'hôtel où Sofia était réceptionniste et a rencontré mon père. Pour elle, épouser le *conte* Ettore da Luca a été un véritable triomphe. Comme elle ne trouvait plus son père assez bien pour elle après ce beau mariage, elle s'est détournée de lui. Quand elle est décédée, je suis allé l'annoncer à mon grand-père et je l'ai invité à séjourner à Montedaluca durant les obsèques. Son chagrin m'a bouleversé.

Il s'interrompit et s'assit sur une chaise.

— Mon père est mort quand j'étais enfant, reprit Francesco, et je me souviens à peine de lui. Quelles qu'aient pu être ses fautes, ma mère était comme un rocher à quoi me raccrocher. Je l'aimais beaucoup.

— Je sais. Je suis heureuse que tu me parles d'elle. Cela explique beaucoup de choses, et la responsable de tous nos malheurs est certainement Cinzia. Ta mère avait un goût très sûr, jamais elle n'aurait choisi cette horrible lingerie, ni rédigé les instructions qui l'accompagnaient.

— *Davvero*, acquiesça-t-il en se levant. Et maintenant je vais te laisser te reposer. Après, nous prendrons le thé sur la terrasse. A moins que tu n'en veuilles une tasse maintenant ?

— Non merci. Mais j'avais dit que j'irais voir Pina.

— Dors un peu. Tu la verras après. Je suis si content que tu aies accepté de venir, ajouta-t-il avec ce sourire qui avait toujours le pouvoir de la faire fondre.

— En fait, tu ne m'as guère laissé le choix... Et le notaire, quand irons-nous le voir ?

— C'est lui qui doit passer demain à 11 heures.

— Comme je ne pensais rester qu'un jour ou deux, je n'ai pas emporté grand-chose pour me changer.

— Tu peux très bien porter un jean pour le dîner. Inutile de mettre une robe. D'ailleurs, j'ai un projet à ce sujet.

Alicia se posait mille et une questions, en particulier concernant le « projet » de Francesco, tant et si bien qu'elle ne parvint pas à s'endormir. Elle appela sa mère. Elle lui annonça qu'elle était au *castello*, lui expliqua qu'elle avait passé la première nuit à Florence et qu'elle allait rester quelques jours ici, pour décourager Gareth.

— Francesco est d'accord ?

— Oui, il a eu la même idée que toi. J'ai fait un cauchemar et dans mon sommeil, j'ai appelé à l'aide car Gareth m'attaquait. Il m'a bien fallu expliquer à Francesco ce qui s'était passé. Il m'a proposé de faire croire à Gareth que j'avais décidé de reprendre la vie commune. Mais Luisa et Bianca y croient dur comme fer.

— Et ton legs, tu l'as déjà reçu ?

— Non. Le notaire doit venir ici demain.

— Très bien. Tu devrais appeler Meg, pour qu'elle informe son frère de la situation.

— Tu as raison, comme toujours. Embrasse George de ma part.

Quand Francesco revint, Alicia se tenait debout près de la fenêtre, prête à affronter Pina qui régnait sur la cuisine.

— Tu as dormi ? demanda-t-il.

— Non. J'ai appelé Bron. Et toi, qu'as-tu fait ?

— J'ai inspecté les jardins avec Antonio.

La visite à Pina se déroula étonnamment bien, grâce à

l'entremise de Francesco. Les mots d'italien qu'Alicia avait tout fait pour oublier lui revenaient rapidement et elle réussit à communiquer avec la cuisinière volubile et bien en chair. Pina lui présenta Teresa, son assistante, puis informa la *contessa* que pour le dîner, elle avait préparé des *involtini di vitello.*

— *Delizioso*, approuva Alicia en souriant.

Rassurée, elle quitta la cuisine en compagnie de Francesco. Durant son précédent séjour, elle avait eu peu de contacts avec Pina.

— Ça s'est bien mieux passé que tu ne croyais, non ?

— C'est curieux que personne n'ait l'air de s'étonner de me voir de retour au *castello*, remarqua Alicia en s'asseyant à une table de la loggia.

— Même s'ils sont surpris, ils se gardent bien de le montrer, déclara Francesco. Par respect pour l'épouse que j'ai choisie.

— Même si elle t'a quitté ?

— Tu es revenue.

— Pas vraiment, Francesco…

Elle s'interrompit en voyant entrer Teresa, chargée d'un plateau qu'elle posa avec précaution devant Alicia.

— *Grazie*, Teresa.

La jeune femme lui sourit timidement avant de s'éclipser.

— *Zia* Luisa reste dans sa chambre jusqu'au dîner, ce qui libère Bianca. Ce thé est donc pour toi.

— Et le café pour toi, sans doute. Je t'en verse une tasse ?

— *Grazie*. Tu dis que tu n'es pas vraiment revenue, Alicia, mais il faut faire semblant. Sinon, comment réussiras-tu à convaincre quiconque, et en particulier Gareth, que c'est la vérité ?

Alicia se servit une tasse de thé — du vrai, pas des sachets, remarqua-t-elle.

— Je fais de mon mieux, affirma-t-elle.

— Moi, je n'ai pas besoin de me forcer. Etre de nouveau assis ici avec toi, c'est la chose la plus naturelle du monde.

— De nouveau ? Mais la dernière fois, tu ne t'es jamais assis ici avec moi ! Le thé, je l'ai toujours pris avec ta mère, en haut, sur la terrasse, en l'écoutant m'exposer les devoirs d'une *contessa* da Luca.

— Et tu n'as pas été surprise de recevoir un tel cadeau de sa part ?

— J'ai été choquée, évidemment. Mais comme j'ai été élevée dans un établissement religieux, j'ai cru que toutes les mariées devaient se présenter de cette façon. Quelle idiote j'étais !

— Innocente, pas idiote.

— J'étais surtout très amoureuse. La première fois que je t'ai vu, à Florence, j'ai cru rêver.

— Et moi aussi, quand j'ai vu ton adorable visage, répondit-il en lui effleurant la main sur la table.

Elle l'ôta vivement, de peur qu'il ne sente son pouls battre trop vite.

— Pourquoi chercher à ranimer le passé ?

— Mais nous sommes de nouveau ici, ensemble, réconciliés devant le reste du monde.

— C'est une comédie, nous le savons aussi bien l'un que l'autre.

— Qui sait, *cara* ? Continuons à faire semblant, dit-il en se levant, et peut-être cela finira-t-il par redevenir vrai.

— J'en doute.

Elle aurait aimé se réfugier dans sa chambre et y rester jusqu'au dîner, mais c'était la chambre de Francesco…

— Allons au jardin admirer le travail d'Antonio, dit-il en lui tendant la main. Cela t'ouvrira peut-être l'appétit.

— Si tu y tiens…

— Tu ne veux pas me donner la main ? Mon contact te répugne tant ?

— Mais non. Simplement, je n'ai plus l'habitude.

Pour rien au monde elle n'aurait reconnu qu'à ce contact, son cœur battait trop vite.

Le jardin s'étageait en terrasses ornées de fleurs et d'arbustes qui laissaient place à des conifères quand la pente devenait plus forte. A intervalles réguliers, des gargouilles crachaient de l'eau qui allait s'engouffrer dans des citernes souterraines où elle était indéfiniment recyclée par des pompes lui expliqua Francesco. Un lieu hors du temps, où Alicia sentit la paix l'envahir tandis que le soleil se couchait sur les vignobles, les oliveraies et les routes sinueuses bordées de cyprès.

Quand ils atteignirent une terrasse herbeuse à mi-pente, son compagnon fit un geste en direction d'un banc de bois abrité par une pergola où s'accrochait une vigne.

— Le soleil est moins chaud maintenant. Veux-tu t'asseoir un moment ?

— Ces jardins sont merveilleux. Mais Antonio ne peut pas s'occuper tout seul d'un tel espace, si ? interrogea Alicia en s'asseyant.

— Deux retraités viennent l'aider, trois fois par semaine.

Ils restèrent silencieux un long moment.

— La nuit dernière, quand tu as fait ce cauchemar, tu as pourtant accepté que je te touche, lança soudain Francesco.

— Cela m'a même apaisée. Je n'avais plus fait de cauchemar, depuis…

— … que tu m'avais quitté ? compléta-t-il.

Elle acquiesça d'un signe de tête.

— Tes anciens cauchemars, j'en suis responsable ; pour les plus récents, c'est Gareth. Il t'a fait horriblement peur, n'est-ce pas ?

— Pas vraiment peur, mais j'ai eu l'impression que c'était moi qui m'étais mal comportée. Par le passé, il lui est souvent arrivé de m'embrasser sur la joue ou de me serrer contre son cœur. Mais cette fois, c'était différent…

Elle resta songeuse un instant, se demandant une nouvelle fois comment elle avait pu ne pas deviner les sentiments de Gareth.

— Et toi, Francesco, reprit-elle, quand je suis venue à Montedaluca, juste avant notre mariage, pourquoi t'es-tu montré si distant ?

— J'avais peur de te toucher. Tu étais à la fois trop proche et pas assez, une vraie torture. Alors je me suis plongé dans mon travail pour t'éviter au maximum. J'avais tellement envie de toi que ça me rendait fou. Tu ne le sentais pas ?

— Non. J'avais terriblement peur que tu aies changé d'avis.

— Pas du tout, *cara*, et ma mère le savait bien. Elle m'a mis en garde contre ces désirs charnels, prétendant que si j'étais décidé à épouser une innocente jeune fille, elle devait le rester jusqu'à la cérémonie. Quand ta mère est arrivée et que tu l'as rejointe à l'hôtel, j'ai été soulagé.

— Et moi qui croyais que tu cherchais à m'éviter !

— C'était bien le cas, reconnut-il en jetant un coup d'œil à sa montre. *Allora*, il faut rentrer. Ce soir, comme tu es là, *zia* va descendre dîner et nous mangerons tôt.

L'ambiance était si paisible qu'Alicia lui prit la main pour remonter l'étroit sentier qui serpentait à travers le jardin.

— *Grazie*, dit-il en refermant les doigts sur les siens.

— *Prego.*

— J'ai une demande à formuler, dit Francesco en atteignant leur chambre. Ce soir, accepterais-tu de ne pas attacher tes cheveux ?

— Oui, accepta-t-elle, le cœur battant. Mais moi aussi, j'ai une requête à formuler : utiliser en premier la salle de bains pour me sécher tranquillement les cheveux. Ils ne sont pas faciles à discipliner, tu le sais.

— Mais ils sont si beaux. *Va bene.* J'attendrai ici que tu me fasses signe, dit-il en se dirigeant vers son dressing.

Alicia le rejoignit un peu plus tard, vêtue d'une chemise de soie fraîchement repassée et d'une jupe de lin crème. Une lueur d'approbation passa dans les yeux de Francesco quand il aperçut sa chevelure dénouée sur ses épaules.

— *Grazie, cara.* Tu es superbe.

Il n'était pas mal lui non plus, dans son pantalon de lin magnifiquement coupé et sa veste sombre.

— Avant de descendre, j'espère que tu accepteras de porter ceci, dit-il en lui tendant un petit écrin de velours.

— La bague de fiançailles, soupira-t-elle, résignée.

— Non. Je sais qu'elle ne te plaisait pas. Celle-ci, j'avais prévu de te l'offrir durant notre nuit de noces.

— Lorsque nous aurions fait l'amour pour la première fois ?

Il acquiesça et ouvrit l'écrin. Alicia découvrit une délicate rosace de diamants montée sur un anneau d'or blanc, très différente du lourd rubis qui ornait la bague de fiançailles.

— La porteras-tu ? s'inquiéta-t-il en lui passant l'anneau.

— Elle est exquise, répondit-elle avec un sourire tremblant. Comment as-tu su qu'elle m'irait ?

— J'ai pris modèle sur ton alliance. On descend ?

— Il faut que j'appelle Megan.

— *Va bene.* Tâche d'être convaincante. Je reviens te chercher dans dix minutes.

Meg fut stupéfaite d'apprendre la (fausse) nouvelle :

— Tu as vraiment décidé de reprendre la vie commune ?

— Oui, répondit Alicia, heureuse que Meg ne puisse pas la voir. Ce qui m'a vraiment fait changer d'avis, c'est de savoir que Francesco était venu à Cardiff pour tenter de me retrouver. Apparemment, il est toujours amoureux de moi.

Meg lui conseilla de se montrer très prudente, lui demanda de transmettre le bonjour à Francesco, puis mit fin à la conversation.

— Qu'a dit Megan ? demanda Francesco aussitôt revenu dans la pièce.

— Elle a été stupéfaite. Elle t'envoie le bonjour.

Il lui tendit une main qu'elle prit sans hésiter, heureuse d'en sentir le délicieux contact tandis qu'ils descendaient l'escalier.

10.

Zia Luisa, Bianca, Francesco et elle passèrent une soirée très agréable. La petite pièce où ils dînèrent était beaucoup plus chaleureuse et confortable que la grande salle à manger, et le dîner de Pina parut meilleur à Alicia que tous ceux qui lui avaient été servis précédemment au *castello.*

— Désormais, Alicia, dit la charmante vieille dame, les yeux brillant de plaisir, ce sera à vous de décider des menus. Ce soir, Pina a voulu me préparer mon *dolce* favori. Vous avez déjà goûté au *zuccotto* ?

— Je ne crois pas. Qu'est-ce que c'est ?

— Une sorte de baba aux noix, au chocolat et à la crème.

— Ma mère interdisait à Pina d'en préparer, intervint Francesco.

— Sophia prétendait que c'était mauvais pour tout, y compris pour la ligne, expliqua Luisa. Mais à mon âge, qui s'intéresse à ma silhouette ? Et vous, Alicia, vous n'avez pas à vous en faire à ce sujet.

— Elle est parfaite, renchérit Francesco.

— Comment va votre charmante mère ? questionna Bianca.

Les deux femmes apprirent avec joie le mariage de Bronwen et celui de Megan.

— Votre demoiselle d'honneur était ravissante, dit Luisa, et votre maman a suscité l'admiration de tous. Elle faisait si jeune !

— C'est toujours le cas. Mon beau-père dit que nous avons l'air de deux sœurs, déclara Alicia en souriant.

Giacomo posa le *zuccotto* sur la table. Elle lui demanda de dire à Pina que le veau était délicieux. Le vieux domestique hocha la tête avec un petit sourire.

Quand le repas fut terminé, Luisa refusa le café et Bianca se leva pour l'accompagner dans sa chambre.

— Cette soirée a été délicieuse, Alicia, dit la vieille dame. C'est merveilleux de vous voir de nouveau ici. *Buona notte, cara.*

Francisco proposa à sa jeune épouse de prendre le café à l'extérieur.

— La nuit est si belle.

Ils s'installèrent dans la loggia faiblement éclairée.

— Après le *zuccotto*, j'ai besoin de récupérer.

— Ça t'a plu ? demanda-t-il en riant.

— C'était tellement bon que seule la perspective d'un nouveau cauchemar m'a empêchée de me resservir.

Elle se tut, préoccupée soudain. Francesco dut s'en apercevoir car il s'assit tout près d'elle et lui demanda si tout allait bien.

— Cette comédie me gêne. Tu ne crois pas qu'on devrait dire la vérité à *zia* Luisa et à Bianca ?

— Pas avant que ça ne devienne indispensable, *carina*. Mais peut-être alors la situation aura-t-elle évolué…

Alicia s'abstint de lui demander ce qu'il voulait dire. Désirait-il vraiment qu'elle revienne ? Et si c'était le cas, comment réagir ? Elle n'avait plus rien à voir avec l'adolescente qui fantasmait sur la photo de Francesco da Luca. En tentant de se montrer objective, elle observa son profil aquilin, sa chevelure bouclée, son corps élégant, détendu et musclé ; sans parler de ce charme naturel qui dissimulait une volonté d'acier. L'ensemble était impressionnant. Et légalement, ils étaient toujours mariés…

— Pourquoi me regardes-tu de cette façon ? demanda-t-il en haussant un sourcil amusé.

— Je pensais à notre première rencontre.

— Pensée positive ?

— Oui. Tu sais, tu es presque encore mieux aujourd'hui.

— *Grazie*. Permets-moi de te retourner le compliment. Dans l'innocence de tes dix-huit ans, tu étais irrésistible. Mais maintenant que tu es une femme, tu es plus *seducente* encore.

Alicia préféra changer de sujet.

— T'ai-je dit que Megan et Rhys ont acheté une maison ?

— A Cardiff ?

— Oui. Près de l'hôpital où travaille Rhys.

— Tu es toujours aussi proche de Meg ?

— Toujours. C'est ma meilleure amie. Elle avait peur que je me fâche parce qu'elle t'avait dit comment me retrouver.

— Et tu t'es fâchée ?

— Jamais je ne pourrais en vouloir à Meg.

— Mais à moi, si.

— Je ne t'en veux plus, reconnut-elle en le fixant droit dans les yeux.

Francesco lui décocha un sourire qui lui fit battre plus vite le cœur.

— *Bene*. J'en suis ravi. Tu es fatiguée, *carina* ?

— Un peu. Et demain, je vais devoir faire face à ton notaire.

— Je serai là pour te soutenir, dit-il en se levant, main tendue. Viens.

Elle lui prit la main, au cas où Giacomo ou quelqu'un d'autre rôderait dans les parages, se persuada-t-elle. Cela faisait partie de la comédie.

En entrant dans la chambre, elle découvrit deux verres et une carafe pleine de jus de fruits posés sur une table.

— C'est pour que tu puisses boire quelque chose au cas où tu te réveillerais en pleine nuit.

— Merci pour cette attention.

— Si tu trouves la vie à Montedaluca agréable, peut-être accepteras-tu de rester plus longtemps.

— Je n'ai que deux semaines de vacances, répliqua-t-elle.

— Tu me l'as déjà dit. Dors bien, dit-il en se dirigeant vers la porte.

— Où vas-tu ? demanda-t-elle, surprise.

— Dans mon bureau. J'ai un travail à terminer. Je tâcherai de ne pas te réveiller en revenant.

— Tu as vraiment du travail urgent à finir ce soir ?

— Oui, dit-il avant de refermer la porte sur lui.

Alicia, très agacée, passa dans la salle de bains. En fait, rien n'avait changé. Il aurait fallu qu'elle le supplie de rester avec elle au lieu de se consacrer à son travail. Jadis, songea-t-elle en jetant un regard sévère à son reflet dans le miroir, il s'abrutissait de travail sous prétexte qu'il avait trop envie de lui faire l'amour, alors qu'ils dormaient dans deux ailes différentes du château. Aujourd'hui qu'ils partageaient la même chambre, soi-disant pour faire illusion, était-ce pour la même raison qu'il la laissait passer la soirée seule ? Elle se calma en se rappelant que l'essentiel était que Gareth apprenne de la bouche de Meg que Francesco et elle étaient réconciliés ; même si Francesco dormait seul dans la chambre voisine…

Elle se mit en pyjama et s'enveloppa dans son peignoir. Elle avait presque fini de se démaquiller quand elle réalisa soudain que son plan comportait une terrible faille.

Dans la *loggia*, Francesco réfléchissait à la faiblesse qu'il avait détectée dans la stratégie mise au point avec Alicia pour leurrer Gareth : une fois les deux semaines écoulées, si elle rentrait chez elle et reprenait son travail, jamais elle ne convaincrait qui que ce soit qu'elle s'était réconciliée avec son mari…

A la pensée du gigantesque Gareth se ruant sur elle, il se mit à faire les cent pas comme un lion en cage. Il lui avait suffi de revoir sa belle Galloise pour que se raniment ses sentiments, plus forts que jamais. Il était désormais certain que pour rien au monde il ne la laisserait divorcer.

En fait, il aurait dû être reconnaissant envers ce type de l'avoir effrayée puisque grâce à lui, elle était de retour au *castello*. Il devait absolument la convaincre d'y rester, de partager son lit et sa vie, et d'avoir des enfants de lui — pas seulement des héritiers da Luca, mais des fruits vivants de leur amour.

Quoi qu'elle puisse dire, il était certain qu'elle l'aimait, mais peut-être plus avec la même innocence, la même confiance que jadis ; et ce qui l'avait fait changer, c'était ces mots brutaux qu'il lui avait lancés. Il fallait qu'elle soit sûre qu'il ne lui ferait plus jamais de mal.

Il soupira, espérant qu'Alicia était couchée et qu'il allait pouvoir s'enfermer dans le bureau, à l'abri de la tentation. Ce simple mot déclencha en lui une flambée de désir, avec laquelle il allait lui falloir composer sans effrayer sa femme. Naturellement, ce n'était plus à une adolescente innocente qu'il avait affaire. Il lui connaissait au moins un amant, et elle devait en avoir eu d'autres, même si elle n'avait pas l'air de trop apprécier les contacts rapprochés — alors que lui aurait aimé la serrer contre lui toute sa vie durant…

Ce fut le cœur battant que Francesco ouvrit la porte de la chambre. Alicia était en train de lire dans son lit, les cheveux dénoués sur les épaules, les joues constellées de taches de rousseur.

— Bonsoir, lui dit-elle en souriant. Ton travail est terminé ?

— En fait, je n'avais rien d'urgent à faire. J'ai voulu échapper à la tentation.

Alicia sourit pour dissimuler un sentiment de triomphe, de fierté. Elle avait deviné juste.

— C'est très noble de ta part, Francesco.

— Oui. Tant de noblesse me surprend moi-même.

— Cela fait trop longtemps que tu n'es pas allé à Rome rendre visite à tes amies ?

— Peut-être. Quoi qu'il en soit, je ne veux pas tirer avantage de la situation, même si c'est très difficile pour moi de partager la chambre d'une femme superbe et désirable, qui est mon épouse légitime, sans lui faire l'amour.

Le sourire d'Alicia s'effaça.

— Il me semble pourtant possible de te parler sans me jeter sur toi, reprit-il.

— Très drôle... Dans ce cas, ajouta-t-elle en croisant les bras, peux-tu me suggérer une façon de convaincre Gareth quand je serai rentrée chez moi et aurai repris ma vie ?

— Tu pourrais lui dire que je t'ai autorisée à...

— *Autorisée ?* le coupa-t-elle, indignée.

— Pardon. Dis-lui que nous avons l'intention de nous voir souvent, suggéra-t-il en s'asseyant au pied du lit, sans la quitter du regard.

— Et s'il revient me voir ?

— Ne le laisse pas monter.

— Je ne peux pas le rejeter de cette façon, Francesco. Je suis très proche de lui, comme d'un grand frère.

— Je comprends. Mais il faut lui dire que jamais tu ne seras à lui comme il le voudrait, répondit-il, avec tant de douceur qu'Alicia eut envie de se jeter dans ses bras.

Ni à lui ni à aucun autre, poursuivit Francesco *in petto. Tu m'appartiens, Alicia.*

Une fois Francesco dans la salle de bains, Alicia s'allongea sur le lit. Elle regrettait qu'il n'ait pas gardé ses distances. Quel choc de prendre conscience qu'elle le désirait plus que jamais, lui qui avait pourtant foulé aux pieds les illusions de sa jeunesse ! Elle avait eu beau faire de son mieux pour tomber amoureuse d'un autre, après des années de chagrin et de ressentiment, il fallait reconnaître qu'elle aimait Francesco da Luca, qu'il n'était pas un monstre et que son cœur lui appartenait depuis la première seconde. Elle était et serait la femme d'un seul homme.

Lorsqu'il sortit de la salle de bains, torse nu, en se séchant les cheveux avec une serviette, il se dirigea tout droit vers son bureau.

— J'avais besoin d'une douche froide. Bonne nuit, Alicia, dit-il avant de disparaître.

— Bonne nuit.

Après avoir relu dix fois la même page sans en comprendre le sens, elle referma son livre, éteignit sa lampe et se pelotonna dans son grand lit.

Lorsqu'elle refit surface, elle s'aperçut qu'elle sanglotait dans l'obscurité. Mais avant même qu'elle ne se réveille vraiment, Francesco l'avait prise dans ses bras et la serrait contre lui, l'enveloppant de son odeur si rassurante.

— Excuse-moi de t'avoir réveillé, balbutia-t-elle.

Il alluma la lampe et lui essuya doucement le visage.

— Tu as encore fait un cauchemar, *tesoro* ?

— Oui, mais pas au sujet de Gareth. Un vieux rêve où je revis la scène de Paris. Je ne l'avais plus fait depuis des années.

— Tes sanglots m'ont déchiré le cœur, répondit-il, les yeux humides. Je vais te servir à boire.

— Merci.

Il se pencha au-dessus d'elle pour relever les oreillers.

— Assieds-toi pour boire un peu de jus de fruits et essaie de te rendormir.

— Au moins, cette nuit, tu n'auras pas besoin de changer les draps.

— *Davvero.* Mais si tu n'avais plus fait ce cauchemar depuis si longtemps, pourquoi cette nuit ?

— Qui sait ? répondit-elle en l'observant à la dérobée.

Il ne portait qu'un boxer blanc. Il avait toujours sa silhouette de svelte rugbyman : larges épaules, ventre plat, hanches minces et ces longues jambes musclées qui avaient fait de lui un ailier rapide et imprévisible.

— Tu as l'air en pleine forme, osa-t-elle. Tu t'entraînes encore ?

— Oui, au club de rugby local. Et je skie un peu, quand j'ai le temps. Et maintenant, dodo !

Il éteignit la lampe, mais tira les rideaux pour laisser entrer le clair de lune.

— Francesco ! Je n'ai pas envie d'être seule, murmura Alicia. Tu peux rester un petit moment ?

Lentement, il revint vers le lit et la contempla, impassible.

— C'est beaucoup demander. Tu ferais mieux de m'ordonner de partir. Tout de suite.

Elle l'attira à elle et posa le visage contre son torse.

— Reste. Je t'en prie.

— Si je reste…

— … tu me feras l'amour ? termina-t-elle, troublée d'entendre le cœur de Francesco battre plus vite.

— *Davvero.*

En guise de réponse, elle passa le bout de la langue sur la peau brûlante de son mari. Il gémit et lui jeta un regard interrogateur avant de baisser lentement la tête. Quand leurs lèvres se touchèrent enfin, leur baiser fut si brûlant qu'il les enflamma *illico.*

Lorsqu'ils s'effondrèrent sur le lit, s'embrassant à perdre haleine, le cœur de Francesco se gonfla de sensations qu'il n'avait plus éprouvées depuis des années.

— Alicia, *amore*, j'ai mal à force de te désirer.

— Moi aussi, j'ai mal. Mais tu vas me guérir…

Il lui ôta son haut d'un geste doux en lui chuchotant combien il la trouvait belle et désirable. Lorsque des doigts et des lèvres il effleura ses seins hauts et fermes, différents de ceux de la très jeune femme qu'il avait connue, elle gémit doucement.

— Tu es celle que j'ai toujours désirée, Alicia. *Ti amo.* Est-il possible que tu m'aimes encore ?

— Apparemment…, balbutia-t-elle.

Si seulement il pouvait effacer de la mémoire de sa femme les amants qu'elle avait eus jusque-là ! songea-t-il en caressant son corps superbe. Et enflammer ses sens pour qu'elle brûle d'un désir aussi puissant que celui qu'il avait tant de peine à contenir…

Lorsqu'il glissa une main entre ses jambes, elle tressaillit. Il parcourut le corps d'Alicia de sa langue et de ses lèvres. Il descendit lentement entre ses cuisses et s'attarda sur la partie la plus sensible de son être. Comme elle se cabrait contre lui en soulevant le bassin, il eut l'impression d'être tout-puissant.

— Francesco…, haleta-t-elle.

Sans cesser de la caresser, il se mit en position au-dessus d'elle, les yeux rivés aux siens. Il s'introduisit lentement, bandant les muscles pour mieux se contrôler. Le sexe d'Alicia enserrait délicieusement l'extrémité du sien et faisait naître en lui des sensations exquises. Il baissa la tête pour l'embrasser, mêlant sa langue à la sienne. Elle lui rendit ses baisers en s'agrippant à ses épaules.

— Maintenant ! ordonna-t-elle.

Il voulut s'enfoncer plus loin en elle, mais s'arrêta soudain en percevant une barrière inattendue.

— *Amore ?* lâcha-t-il, incrédule.

— Continue, murmura-t-elle.

— Mais je risque de te faire mal. Pourquoi ne m'as-tu pas dit… ?

D'une simple ondulation du bassin, elle le réduisit au silence. Alors, Francesco s'abandonna définitivement à ses sens, sans cesser de la couvrir de caresses et de baisers.

Petit à petit, le rythme de leur chevauchée s'accéléra, jusqu'à l'extase finale — à laquelle il ne se rendit qu'en sentant Alicia éprouver les premiers spasmes de l'orgasme. Il se laissa alors emporter par son propre plaisir ; quand il trouva de nouveau la force de bouger, il attira à lui sa femme dans une longue étreinte.

Blottie contre le corps tiède et musclé de Francesco, Alicia attendit un long moment que son cœur et sa respiration retrouvent un rythme normal.

Elle n'avait aucun regret.

Au prix de nombreuses difficultés, elle avait conservé sa virginité malgré les avances des mâles croisés à la fac et à son travail. Et c'était à l'homme qui aurait dû dès le départ la recevoir qu'elle l'avait offerte.

— Francesco…

— Je t'aime, *sposa mia*, la coupa-t-il. Que dire d'autre ? Dois-je te demander pourquoi ?

— Pourquoi je t'ai laissé me faire l'amour, ou pourquoi je ne l'ai pas fait avant ?

— Je suis un homme, et Italien, donc assez vaniteux pour m'imaginer être le seul avec qui tu avais envie de le faire, chuchota-t-il en la serrant contre lui. N'est-ce pas vrai ?

— C'est vrai, même si je ne me l'étais jamais avoué. Mon corps n'a jamais réagi en présence d'un autre homme que toi. Et puis j'étais censée être divorcée. Coucher avec un homme aurait forcément suscité des attentes auxquelles je n'avais pas l'intention de répondre.

— Je t'en remercie, répondit-il d'une voix rauque d'émotion en l'étreignant avec une passion renouvelée. Tu es à moi, depuis le premier jour, à Florence. Durant ces interminables années où je t'ai cherchée, j'ai souffert le martyre à t'imaginer dans les bras d'un autre.

— Maintenant, tu sais que tu avais tort.

De baiser en baiser, ils en vinrent aux caresses, et Francesco se retrouva bien vite en position au-dessus d'elle, la fixant d'un regard lourd de désir.

— J'ai de nouveau tellement envie de toi, *carissima*, chuchota-t-il contre sa joue.

— Alors refais-moi l'amour. Une fois ne m'a pas suffi.

— A moi, mille fois ne me suffiront pas. Je vais essayer de faire durer plus longtemps les choses, mais si tu te comportes de cette façon, ce sera très difficile, ajouta-t-il comme elle prenait en main son sexe tendu.

Il s'installa entre ses jambes. Quand il entra en elle, Alicia poussa un petit soupir de satisfaction. Francesco lui fit d'abord l'amour avec une lenteur affolante, puis avec une fougue qui répondait à ses propres réactions.

Ils atteignirent l'orgasme à la fin d'un corps-à-corps si endiablé qu'ils en perdirent quasiment tous deux le souffle. Ils restèrent de longues minutes rivés l'un à l'autre, immobiles, haletants et en sueur.

11.

Des sensations inhabituelles réveillèrent Alicia : des bras d'homme qui l'enlaçaient, un menton rugueux contre sa joue.

— *Buongiorno*, lui chuchota Francesco à l'oreille. Comment te sens-tu ce matin ?

— Ce n'était donc pas un rêve, répondit-elle en clignant les yeux.

— Tu m'as fait monter au septième ciel, *diletta mia*.

— Toi aussi. Le remède absolu contre les mauvais rêves.

En soupirant, il la serra plus fort encore entre ses bras.

— Je donnerais beaucoup pour rester là toute la journée, *carissima*, mais nous devons nous préparer à accueillir *signor* Raimondi, dit Francesco en se glissant à regret hors du lit.

Alicia admira sa superbe nudité tandis qu'il se dirigeait vers la salle de bains.

— Quelle heure est-il ?

— 9 h 30. Il faut se dépêcher. Je vais te faire couler un bain pendant que je prendrai une douche rapide.

Quand il ressortit, une serviette drapée autour des reins, Alicia se tenait debout près du lit, l'air embarrassé. Sans rien dire, elle lui désigna le drap taché.

— Que faire ?

— Teresa s'en occupera. Ne sois pas gênée, *tesoro*. C'est un magnifique cadeau qui me comble de bonheur.

Elle fila en hâte vers la salle de bains et se plongea avec délice dans l'eau tiède et parfumée. Ainsi, Francesco avait cru que Jason avait été son amant, et qu'il y en avait eu d'autres avant lui…

Quand elle sortit de la baignoire, certains muscles de son corps se rappelèrent douloureusement à elle. Elle s'habilla rapidement, enfila une veste de soie sauvage rose très pâle que sa mère lui avait offerte et qui mettait en valeur son teint et le roux flamboyant de ses cheveux, passa à l'annulaire son superbe diamant et descendit dans la *loggia*, où Francesco bavardait avec Giacomo.

— Que désires-tu manger, *cara* ? demanda son mari en lui avançant une chaise.

— Un petit pain et une tasse de thé, répondit-elle après avoir salué Giacomo.

— Dans cette tenue, tu es magnifique, très *contessa*. Ma *contessa* à moi, ajouta-t-il quand le maître d'hôtel eut disparu. Car tu es bien à moi, n'est-ce pas ?

— Tu dis ça à cause de ce qui s'est passé cette nuit ?

— L'expérience la plus magique que j'aie jamais connue. Mais j'ai toujours su que tu étais à moi.

Il l'embrassa passionnément, sans se soucier de Giacomo qui revenait avec leur petit déjeuner.

Alicia découvrit qu'elle avait une faim de loup et avala un verre de jus d'orange et deux petits pains beurrés tandis que Francesco lui dévoilait le programme de la journée.

— Ce matin, *signor* Raimundi. Après, déjeuner avec *zia* et Bianca. Cet après-midi, repos, car ce soir je t'emmène dîner dans un restaurant très couru qui a ouvert l'année dernière à Montedaluca. J'ai déjà réservé. Je veux montrer au monde entier ma superbe épouse, pour que tous sachent que nous vivons de nouveau ensemble.

— A cause de la nuit dernière ?

— Certes, nous allons fêter ce qui s'est passé la nuit dernière, mais j'ai réservé dès que tu as accepté de revenir, *tesoro*.

— A propos, où allons-nous recevoir le notaire ? demanda Alicia.

— Dans mon bureau.

En l'y suivant, elle s'avoua qu'elle était plus amoureuse que jamais. Sans doute parce qu'il l'avait initiée au plaisir du sexe, mais ce n'était pas seulement physique. La tendresse qu'il lui avait témoignée au plus fort de la passion avait transformé cet épisode en un moment merveilleux.

— Jamais encore tu ne m'avais permis de pénétrer dans cette pièce, remarqua-t-elle quand il eut refermé sur eux la porte du bureau.

— Si je t'avais laissée entrer ici, je n'aurais pas pu résister et je me serais jeté sur toi. D'ailleurs, même en ce moment, j'en ai bien envie.

Alicia se demanda s'il plaisantait ou non.

— Et si le notaire arrivait et qu'il nous trouvait en train de faire l'amour ?

— C'est un homme, et un Italien : il comprendrait.

Il lui effleura les lèvres des siennes. Alicia s'écarta vivement.

— Arrête, tu vas me décoiffer !

— C'est comme ça que je te préfère, dit-il avec une étincelle dans le regard.

— Je veux faire bonne impression sur ton notaire. Bas les pattes !

— J'obéis pour le moment, mais tu ne perds rien pour attendre. Assieds-toi à côté de moi derrière le bureau, nous ferons face tous deux à Raimundi.

— Je suis nerveuse.

— A cause du notaire ?

— Non. A cause de ce que ta mère m'a légué.

— Oublie le maudit cadeau qui a provoqué notre séparation. Alicia da Luca, je te jure que désormais plus rien ne viendra nous séparer.

On frappa à la porte.

— *Avanti !* lança Francesco.

Giacomo introduisit dans la pièce un petit homme vêtu de sombre.

— *Buongiorno*, Eduardo, fit Francesco en se levant. Permettez-moi de vous présenter ma femme.

Le notaire s'inclina sur la main que lui tendait Alicia.

— *Piacere, contessa.*

Après les salutations d'usage, tout le monde se rassit. Le notaire mit ses lunettes et ouvrit son porte-documents.

— *Mi dispiace, signor* Raimundi, mais mon italien ne me permet pas de comprendre le langage juridique, déclara Alicia.

— Dans ce cas, je parlerai anglais, *contessa*, répondit le notaire avec un sourire timide. Mais pas très bien, veuillez m'en excuser à l'avance.

— Si besoin, Francesco sera notre interprète.

L'homme de loi sortit de son porte-documents une enveloppe et un paquet allongé.

— La *contessa* Sophia da Luca m'a fait jurer de vous les remettre en mains propres, dit-il en les donnant à Alicia. Et elle a stipulé que ce devrait être ici, à Montedaluca.

L'enveloppe était adressée à la *contessa* Alicia da Luca.

— Dois-je l'ouvrir en votre présence ?

— Ce n'est pas nécessaire. Il me faut seulement votre signature et ce sera terminé, expliqua-t-il en lui tendant un document.

Elle prit un stylo d'argent posé sur le bureau et signa là où le lui indiquait le notaire. Puis elle se leva.

— Désirez-vous un café, *signor* Raimundi ?

— Avec grand plaisir, *contessa.*

— Giacomo va nous l'apporter sur la terrasse, dit Francesco en lui ouvrant la porte. Mais si tu préfères lire cette lettre seule, *carissima*, nous comprendrons.

— Je vais aller la lire dans notre chambre.

Alicia saisit l'enveloppe et le paquet, et prit congé du notaire. Elle monta l'escalier avec une boule au ventre. Que diable avait bien pu lui léguer feue sa belle-mère ?...

En entrant dans la chambre, elle remarqua tout de suite que les draps avaient été changés et le lit refait. Elle s'assit sur une chaise près de la fenêtre et ouvrit le paquet. Il contenait un long écrin de cuir. A l'intérieur, elle découvrit un unique rang de perles fermé par un diamant. Des perles splendides, baroques, toutes de formes différentes mais parfaitement assorties, qu'Alicia avait vues en permanence au cou de la *contessa* jusqu'au lendemain de leur mariage.

Elle referma lentement l'écrin avant de sortir de l'enveloppe deux feuillets, dont l'un portait l'inscription :

« A lire en premier lieu ».

Il était daté du lendemain de leur mariage.

Ma chère Alicia,

Je regrette de ne pas vous avoir accueillie aussi chaleureusement que je l'aurais dû, mais je n'ai jamais été très chaleureuse, sauf envers mon regretté Ettore et mon fils Francesco.

En toute franchise, vous n'êtes pas la bru que j'attendais, mais puisque mon fils vous a choisie, nous devons apprendre à vivre en harmonie pour l'amour de lui. Ce ne sera pas facile pour vous qui avez une relation si proche avec votre mère. Mais maintenant que vous êtes l'épouse de Francesco devant Dieu, je m'efforcerai de vous rendre la vie au castello plus agréable. Ettore m'avait offert ce collier pour la naissance de Francesco et j'espère que vous aurez autant de plaisir que moi à le porter.

Avec tous mes vœux de bonheur,

Sophia da Luca.

Les yeux d'Alicia se mouillèrent de larmes. Visiblement, la lettre accompagnait les perles qu'elle n'avait jamais reçues — par la faute de la machiavélique dame de compagnie ?

Elle la replia avant d'ouvrir l'autre enveloppe.

Ma chère Alicia,

Je ne sais si Francesco finira par vous retrouver et par vous ramener à Montedaluca pour que vous y receviez ce présent. Je prie constamment pour que vous reveniez et appreniez la vérité. Au lieu de vous remettre ce cadeau moi-même, à mon grand regret, j'avais chargé Cinzia, ma femme de chambre, de vous le transmettre. Quand vous m'avez chaleureusement remerciée, j'ai cru qu'elle l'avait fait.

Peu après votre départ, Giacomo m'a appris que Cinzia avait démissionné le jour même sans avertir personne d'autre que lui. Il m'a demandé de la retenir auprès de moi sous un prétexte quelconque. En fouillant ses bagages, il y a retrouvé les perles et ma lettre, qui les accompagnait.

Quand j'ai menacé Cinzia de porter plainte, elle s'est mise à sangloter et a prétendu qu'elle avait besoin d'argent pour se marier, et qu'à la place du collier, elle vous avait donné une jolie chemise de nuit. J'ai préféré ne pas avertir la police pour éviter le scandale. Le lendemain, Francesco est rentré de Paris en proie à une telle angoisse que j'ai oublié Cinzia et que je n'ai plus eu qu'une idée en tête : vous retrouver.

Si vous lisez cette lettre, c'est que vous vous êtes réconciliée avec mon fils bien-aimé comme je le souhaitais. Dès lors, j'espère que vous accepterez tous mes vœux de bonheur et que vous porterez ces perles.

Sophia da Luca.

Alicia resta un long moment assise à lire et à relire les deux lettres. Elle les rangea finalement dans leurs enveloppes en soupirant. Enfin le mystère était résolu ! Elle avait pris possession du legs qu'elle s'était juré de ne jamais accepter — mais c'était avant de connaître la vérité ; et s'il était trop tard pour renouer des liens avec la *contessa*, avec Francesco, il en allait tout autrement…

Après trois coups légers frappés à la porte, Francesco entra dans la chambre. Alicia leva vers lui des yeux pleins de larmes. Il s'assit à côté d'elle et la prit par la taille.

— Pourquoi es-tu triste, *tesoro* ?

— Ta mère m'a laissé ses perles. Lis ce qu'elle m'a écrit.

Le front de Francesco se plissa au fur et à mesure de sa lecture.

— J'aimerais tuer cette fille ! lança-t-il lorsqu'il eut terminé.

— Moi aussi. Ce n'était pas tant les perles qu'elle voulait, que détruire notre mariage parce que tu l'avais repoussée. Mais elle ne s'est sans doute pas doutée qu'elle avait si bien réussi son coup.

— Giacomo m'a dit qu'elle était partie sans laisser d'adresse.

Alicia ouvrit l'écrin.

— Cela te fera de la peine si je les porte ?

— Au contraire. J'aimerais que tu le fasses dès ce soir, au restaurant. A ce propos, ajouta-t-il, Luisa et Bianca nous attendent sur la terrasse pour déjeuner.

Du bout des doigts, il lui effleura les pommettes.

— Est-ce que les larmes ont le pouvoir de faire réapparaître les taches de rousseur ?

— Je vais me remaquiller.

Francesco la prit dans ses bras pour l'embrasser.

— Recoiffe-toi et remets-toi du rouge si tu veux, mais ne cache plus jamais ces charmantes taches, je t'en supplie !

— J'accepte, même si tu es un vrai tyran, déclara-t-elle en se dirigeant vers la coiffeuse, avec un soupir résigné.

— Un tyran ? Jamais de la vie ! Si tu préfères les dissimuler, fais-le. Je te donne juste mon avis.

Alicia se retourna et posa le visage contre le torse puissant de Francesco. Ils restèrent un long moment enlacés. Elle était avide de ce réconfort physique après les émotions de la matinée.

— Accorde-moi quelques minutes, finit par chuchoter Alicia, j'arrive.

Lorsqu'elle les rejoignit sur la terrasse, Luisa et Bianca l'accueillirent avec de grands sourires. Francesco la contempla d'un air approbateur.

— La matinée n'a pas été trop difficile, *cara* ? s'enquit Luisa avec sympathie.

— Moins que je l'aurais cru, *zia*. *Signor* Raimundi est très sympathique.

Elle se servit des tomates et de la mozzarella, accompagnées du basilic qu'Antonio cultivait dans son potager.

— Oui, il est charmant, déclara Bianca. Et efficace. Grâce à lui, nous avons obtenu très vite ce que nous avait légué la *contessa*, qui s'est montrée très généreuse ; sans oublier personne, pas même Teresa.

— J'étais donc la seule à ne pas avoir reçu mon legs ? demanda Alicia, les yeux fixés sur Francesco.

— *Davvero*, reconnut-il en lui adressant un sourire repentant. Il n'y avait plus que toi.

— Que vous a laissé la *contessa* ? lui demanda Luisa.

— Ses perles.

— Les perles d'Ettore ? Avec votre teint, elles doivent vous aller à ravir. Mais attention à porter un chapeau quand vous vous mettez au soleil : vos taches de rousseur commencent à ressortir.

— Elle en a toujours eu, intervint Francesco, mais elle les cachait sous du maquillage.

— Pourquoi donc ? protesta Luisa. Elles sont charmantes !

— C'est bien mon avis, dit Francesco.

Alicia décida de remettre à plus tard la discussion avec son mari à propos de son mensonge et entama son petit pain du bout des dents.

— Je ne veux pas trop manger si nous allons au restaurant ce soir, expliqua-t-elle à Francesco qui posait sur elle un regard interrogateur.

— Ah oui, dans cette nouvelle *trattoria* ! s'exclama Bianca. Francesco nous y a déjà invitées pour fêter l'anniversaire de la *signora*. C'était délicieux, même si Pina cuisine aussi bien. Ce soir, quand vous serez habillée et aurez mis vos perles, *cara*, pourriez-vous descendre nous les montrer ?

En guise de dessert, on apporta un panier de pêches. Après deux verres de vin, Luisa paraissait un peu éteinte.

— Je vais raccompagner la *signora* à sa chambre, dit Bianca.

— Je monte avec vous, déclara Alicia, avant de se tourner vers son mari : Prends tranquillement ton café, je vais me reposer un peu.

Elle prit le bras droit de Luisa tandis que Bianca prenait l'autre. La vieille dame se réveilla soudain et leur sourit.

— *Madonnina !* A mon âge, je devrais me contenter de boire de l'eau.

— A votre âge, vous avez le droit de faire tout ce dont vous avez envie, sourit Alicia. Mais c'est bien ce que vous avez toujours fait dans votre vie, n'est-ce pas, *zia* ?

— Exactement, mon enfant. Mais allez donc vous reposer.

— C'est ce que je vais faire. *Ciao*, mesdames.

Arrivée dans sa chambre, Alicia se déshabilla et se glissa dans le lit avec un bâillement. Elle se pelotonnait déjà quand la porte s'ouvrit. Francesco la fixa avec dans le regard une étincelle qui ne laissait aucun doute sur ses intentions. Sans un mot, il ôta ses vêtements qu'il jeta sur une chaise.

— Nous allons faire une petite sieste, déclara-t-il. Même si tu es furieuse contre moi.

— Ça ne doit pas vraiment te surprendre, balbutia-t-elle, troublée de se retrouver au lit avec un homme nu en plein après-midi. Quand je pense que tous ces malheureux étaient censés attendre impatiemment leur héritage ! Tu m'as fait revenir ici sous un prétexte fallacieux.

— Je le reconnais, mais je ne me sens nullement coupable. Seulement ravi que mon plan ait réussi. Tu es fâchée ?

— Francesco da Luca, tu es le diable en personne !

— Un homme, tout simplement, répondit-il en l'embrassant avec passion.

— Cela veut-il dire que tu as envie de me faire l'amour ?

— Non, répondit-il en ajoutant à ses baisers de délicieuses caresses. Mais j'ai envie de faire l'amour *avec* toi.

Il la prit par le menton pour mieux couvrir son visage d'une pluie de baisers. Puis il écarta les draps et la déshabilla en hâte.

— Je veux te voir pendant que nous ferons l'amour. Ne sois pas timide : après tout, je suis ton mari.

Il l'embrassa et elle lui répondit avec la même ardeur tandis qu'il cajolait du regard chaque courbe de son corps. Puis il recommença avec les mains, avec la bouche, provoquant en elle des frissons de plaisir.

Ensuite, il la prit par les hanches pour la soulever et se glissa en elle.

— Et maintenant, si nous allions ensemble au paradis ? chuchota-t-il à son oreille.

12.

Tandis qu'Alicia, vêtue d'une robe pâle et vaporeuse qui mettait en valeur la splendeur des perles, montait en voiture pour aller au restaurant, Francesco l'assura qu'elle éclipserait même les stars les plus adulées.

A la Taverna da Monte, un jeune homme les accueillit en s'inclinant quand il lui remit les clés de sa Lamborghini.

— Guido est le fils du propriétaire, Mario Ponti, et joue demi d'ouverture à Montedaluca, précisa Francesco. Très prometteur. Il va prendre le plus grand soin de la voiture.

A peine eurent-ils franchi la porte du restaurant, qu'un homme déversa sur eux un tel flot de paroles qu'Alicia en fut tout étourdie.

— Moins vite, Mario, dit Francesco. Et laisse-moi au moins te présenter ma belle épouse britannique.

— Bienvenue, *contessa*, répondit le restaurateur en s'inclinant. J'ai travaillé longtemps en Angleterre.

En réponse au sourire d'Alicia, il évoqua ses souvenirs d'Oxford et de Bath tout en les guidant vers le fond de la salle, dont le mobilier contemporain contrastait avec la vénérable architecture qui l'abritait. Toutes les tables étaient occupées. Francesco prit Alicia par la taille, pour la rassurer songea-t-elle, sans cesser de répondre aux sourires et aux signes de main qu'on leur adressait de toute part.

D'un geste ample, Mario leur indiqua leurs places et leur remit les menus.

— J'ai l'impression d'être l'attraction de la soirée, murmura Alicia dès que le patron se fut éloigné.

— Il est normal que mon épouse suscite une certaine curiosité. Dis-moi plutôt ce que tu veux manger, que je puisse choisir le vin, *cara*.

— J'ai envie de poisson. Que me conseilles-tu ?

— Nous demanderons l'avis de Mario quand il reviendra.

Celui-ci leur recommanda un plat de Livourne, la ville natale du chef, le *cacciucco*. Il s'agissait d'une soupe de poisson et de fruits de mer à la tomate et aux herbes, servie avec des croûtons aillés.

— Le poisson est arrivé aujourd'hui même de Porto San Stefano, ajouta-t-il. Il est superbe.

— Je prendrai la même chose, et nous boirons un Montedaluca Classico, décréta Francesco.

— *Va bene*. Guido va vous l'apporter. Et Carlos sera très honoré du choix de la *Contessa*.

Le *cacciucco* se révéla aussi délicieux que promis, mais si copieux qu'Alicia dut renoncer au dessert. Dès qu'ils eurent pris le café, les effets de cette journée riche d'émotions se firent sentir.

— Je me sens un peu fatiguée.

— Dans ce cas, rentrons.

Consciente des regards qui pesaient sur elle, Alicia demanda à Mario de féliciter le chef de sa part, avant de remonter dans la voiture — dont Guido lui tenait la portière.

— Que penses-tu de ma première sortie informelle en tant que *contessa* ? demanda-t-elle à Francesco.

— Tu as été parfaite. Toutes les femmes ont admiré ta robe et j'ai rendu tous les mâles envieux. Ce soir, je suis le plus heureux des hommes. *Grazie*, Alicia.

Dès qu'il se fut garé devant le *castello*, Giacomo surgit pour aller garer la voiture.

— C'est son petit plaisir, dit affectueusement Francesco

en pénétrant dans le hall. Il adore conduire la Lamborghini. Dis-moi, il est encore tôt : veux-tu t'asseoir un moment sur la terrasse ou préfères-tu aller te coucher ?

— Aller me coucher, répondit Alicia en le fixant droit dans les yeux. Tu viens avec moi ?

— Inutile de le demander, mais pas pour faire l'amour. Je veux seulement te tenir dans mes bras pendant que tu t'endors. Comme ça, cette nuit, pas de vilains rêves.

Ils gagnèrent la chambre main dans la main.

— Peux-tu déboutonner ma robe ?

— Oui. Et dis à ta mère que dans cette robe, je te trouve spécialement ravissante. Mais tu es encore plus belle sans, ajouta-t-il après avoir fait glisser délicatement le vêtement. Inutile de dire ça à ta mère.

En riant, elle suspendit la robe dans le dressing.

— Je ne crois pas qu'elle serait choquée.

Un peu plus tard, tandis qu'ils étaient allongés tous les deux au clair de lune qui touchait leur lit d'un rayon argenté, il poussa un soupir de satisfaction.

— J'ai tant attendu ce moment… Faire l'amour, c'est l'extase, le plaisir, mais te tenir entre mes bras pendant que tu t'endors, c'est un rêve qui devient réalité.

— Pour moi aussi, répondit-elle en se pelotonnant contre lui. Mais ne parlons pas de rêve.

— Ne te fais pas de souci, *tesoro* : cette nuit, je saurai te réveiller d'un baiser.

Longtemps après que sa femme se fut endormie, Francesco resta éveillé, savourant le pur plaisir de la sentir détendue entre ses bras. Maintenant qu'elle s'était donnée à lui, jamais plus il ne la laisserait repartir. Mais une fois installée ici, il faudrait lui trouver une occupation. Travailler en équipe avec une femme spécialisée en relations publiques présenterait bien des avantages ; et surtout, ils seraient enfin mari et femme, et un jour peut-être, parents.

Il sourit à l'évocation de bébés aux boucles rousses et aux yeux bleus. Soudain, le tintement redoublé de la cloche du *castello*, l'arracha à sa rêverie. Il s'habilla à la hâte et sourit pour rassurer Alicia qui le regardait avec étonnement.

— Qui peut faire un pareil vacarme ?

— Nous allons le savoir. Ne bouge pas, *amore*.

Mais déjà, elle se glissait hors du lit.

— Je t'accompagne.

Il l'arrêta d'un geste.

— Non, je veux d'abord voir de quoi il s'agit.

Elle l'ignora et enfila un peignoir à la hâte, avant de s'aventurer dans le couloir tandis que le tintement reprenait de plus belle. Soudain elle reconnut une voix familière.

Gareth !

Elle s'arrêta dans l'escalier et poussa un gémissement. De là où elle se trouvait, elle pouvait observer la scène sans être vue. Ecartant Giacomo, qui avait ouvert la porte, Gareth se précipitait dans le hall, hagard, les yeux fous.

— Laisse-moi entrer ! lança-t-il à Francesco. Je sais qu'Alicia est ici, mais tu ne la garderas pas plus longtemps prisonnière, espèce de salaud !

— *Buona sera*, répondit courtoisement Francesco.

Giacomo referma la porte et la verrouilla.

— Tu crois que tu vas pouvoir m'enfermer ici, moi aussi ? s'exclama Gareth. Comme Alicia ?

— Alicia est en sécurité.

Soudain, Gareth décocha un coup de poing en direction de Francesco. Ce dernier esquiva en souplesse et repoussa son assaillant d'un coup porté du plat de la main sur son épaule. Emporté par son élan, Gareth perdit l'équilibre et tomba lourdement assis sur le carrelage. Alicia se précipita et atteignit le hall au moment où il se relevait pour s'attaquer de nouveau à Francesco.

— Tu vas arrêter tes bêtises ! lui ordonna-t-elle sur un ton si tranchant qu'il fut stoppé net dans son élan.

— Tu es là ? Tout va bien ? s'écria-t-il en tendant les bras vers elle. Je suis venu te chercher pour te ramener à la maison.

Submergée de pitié et d'affection, elle dut se raidir pour s'empêcher de le serrer contre son cœur.

— Gareth, répondit-elle d'une voix ferme, je suis ici de mon plein gré et je veux y rester jusqu'à la fin de mes vacances.

Et peut-être même toute ma vie, faillit-elle ajouter. Les bras de Gareth retombèrent.

— Comment ? Avec lui ? s'exclama-t-il, incrédule.

— Oui, avec Francesco, répondit-elle en se tournant vers son mari qui les observait en silence. Nous avons décidé de reprendre la vie commune.

— Alicia, tu es folle ! C'est à moi que tu appartiens !

— Tu te trompes, intervint Francesco en fixant leur visiteur droit dans les yeux. Alicia est ma femme, et maintenant qu'elle est revenue, jamais plus je ne la laisserai repartir.

— Je n'appartiens à personne, coupa Alicia. Si vous vouliez bien mettre fin à ce combat de coqs, nous pourrions peut-être nous expliquer comme des êtres humains.

Mais avant qu'elle ait pu intervenir, Gareth s'était précipité sur Francesco…

Son mari rouvrit les yeux en cillant. Alicia était assise sur le carrelage du hall. La tête de Francesco reposait sur ses genoux et elle le serrait dans ses bras tremblants, le suppliant de lui répondre. Gareth était agenouillé à côté d'eux ; Giacomo fixait l'intrus d'un air menaçant.

— *Amore*, gémit Francesco d'une voix rauque.

— Ça va aller ? s'enquit Gareth dans un souffle.

— Bien sûr que non, ça ne va pas aller, idiot ! Tu l'as assommé.

— Mais non, *carina*, protesta Francesco avec un petit rire. S'il a réussi à me frapper, c'est seulement parce que j'ai été distrait par ta présence.

— Si tu lui as cassé la moindre dent, Gareth…, menaça Alicia.

— Ma tête a touché le sol quand je suis tombé ?

— Non. Heureusement Alicia a réussi à amortir le choc, reconnut Gareth qui semblait désormais revenu à la raison.

— Voilà donc pourquoi nous nous retrouvons tous les trois assis par terre, conclut Francesco.

Alicia l'embrassa passionnément, sans plus se préoccuper de Gareth.

— Ne pleure plus, *carissima*, je me sens très bien. Gareth, si vous m'aidiez à me relever ?

Ce dernier s'exécuta et, comme Francesco vacillait légèrement, il le prit par le coude tandis que Giacomo aidait Alicia à se relever à son tour.

— Excusez-moi, tous, fit Gareth, l'air contrit. Je ne sais pas trop ce qui m'a pris…

Bianca surgit soudain dans le hall, visiblement bouleversée.

— Je ne voudrais pas m'immiscer, mais la cloche a réveillé la *signora* qui demande ce qui se passe. Tout va bien, Alicia ?

— Parfaitement bien.

— Voulez-vous une tasse de thé ? proposa Bianca. Pina va vous en faire.

Alicia remarqua soudain la présence de Pina, ainsi que de Teresa qui les observait timidement.

— Avec plaisir, dit-elle en souriant.

— *Subito, contessa*, dit Pina avant de sortir, entraînant Teresa dans son sillage.

Francesco prit Alicia par les épaules.

— Dites à *zia* Luisa que tout va bien, Bianca. Nous prendrons le thé dans un endroit plus confortable que le hall et *mister* Davies pourra, s'il le veut, boire un cognac pendant qu'on lui prépare une chambre.

Bianca sourit, rassurée, et se hâta d'aller porter la bonne nouvelle.

— Après m'être ridiculisé ainsi, j'ai bien besoin d'un cognac, admit Gareth, visiblement honteux. Mais inutile de préparer une chambre. J'en ai réservé une à l'hôtel où… où…

— Où tu avais séjourné quand nous nous sommes mariés, compléta Alicia.

Ignorant ses protestations, Francesco la souleva dans ses bras et la déposa sur le canapé de la petite salle à manger.

— Reste tranquillement assise ici pendant que je discute avec Gareth. Tu as dîné ? demanda-t-il à ce dernier.

— Non, mais je n'ai pas faim. Et toi, comment te sens-tu ?

— Ne bougez pas, je reviens tout de suite, dit Francesco en se penchant pour embrasser sa femme.

Resté seul avec Alicia, Gareth lui prit la main, les yeux pleins de contrition.

— Je ne sais que dire. Quand je suis arrivé au château, j'étais comme fou. Mais je ne voulais pas te nuire.

— Je le sais, dit-elle avec affection. Tu es le meilleur des frères.

— J'ai compris le message, n'aie crainte. En définitive, Francesco et toi, vous êtes fous l'un de l'autre.

— Oui, même si j'ai tout fait pendant des années pour me persuader du contraire. Mais dès que je l'ai revu, j'ai su que je n'avais jamais cessé de l'aimer.

— Malgré ce qu'il t'a fait ?

— En réalité, il ne m'a rien fait. Il y a eu un malentendu entre nous à un moment critique, je me suis enfuie et, comme je n'ai pas su qu'il était revenu me chercher, j'ai cru qu'il se moquait bien de moi. Alors, j'ai décidé de cesser de l'aimer. Sans y parvenir, d'ailleurs.

— Jamais je n'aurais dû écouter Bron durant toutes ces années, soupira Gareth. J'ai toujours pensé que tu avais le droit de savoir qu'il était venu te chercher.

Francesco revint, suivi de Giacomo. Ce dernier apportait le thé et diverses boissons ainsi qu'un plat d'*arosto misto.*

— Merci beaucoup, dit Gareth, gêné. Vos invités ne doivent pas vous causer souvent une telle panique. Tout ceci a l'air délicieux et je n'ai rien avalé depuis ce matin.

— Comment te sens-tu ? demanda Alicia à Francesco.

— Bien, et toi ?

— J'irai mieux encore quand j'aurai bu cette tasse de thé. Quant à toi, Gareth, tu as tendance à frapper trop vite.

— Ç'aurait pu être pire, dit Francesco. Lorsque Gareth t'a vue te précipiter pour t'interposer entre nous, il a tenté de retenir son coup.

— Mais je n'y suis pas vraiment parvenu. Excuse-moi, cela ne se reproduira pas.

— Je l'espère bien ! s'exclama Alicia.

— J'ai mal évalué la situation, et je vous en demande pardon. J'ai vraiment cru qu'elle te haïssait, Francesco.

— Moi aussi, je l'ai cru.

Gareth attaqua son repas avec entrain, mais quelque chose semblait encore le tracasser. Alicia qui buvait son thé sur le canapé, échangea avec Francesco un regard interrogateur.

— Tu as un autre souci ? demanda celui-ci à Gareth.

— Je n'arrive pas à oublier dans quel état était Alicia quand elle est revenue chez sa mère, après votre mariage. Je ne te demande pas de détails, mais avant de partir, je voudrais que tu me jures que jamais plus tu ne la rendras malheureuse.

— Je te le jure.

D'un haussement de sourcils, Alicia demanda silencieusement à Francesco si elle pouvait tout raconter à son ami. Son mari dut comprendre car il acquiesça d'un clignement d'yeux.

— Je n'ai jamais dit à personne ce qui s'est passé, Gareth, même pas à Meg, et tout le monde a cru que Francesco avait vraiment commis un crime.

Elle résuma de façon très concise le tragique malentendu et termina par l'histoire du collier de sa belle-mère.

— Si seulement je m'étais calmé plus vite, à Paris, je serais remonté dans notre suite avant le départ d'Alicia et je lui aurais demandé à genoux de me pardonner, soupira Francesco. Peux-tu imaginer dans quel état j'ai été quand j'ai découvert qu'elle était partie ?

— Oui, répondit Gareth. Parce que le jour où tu es venu à Cardiff avec ta mère, tu avais l'air si éprouvé que j'aurais bien voulu te dire où était Alicia. Mais Bron m'avait fait jurer de ne le révéler à personne.

— Si je n'avais pas été aussi folle, déclara Alicia, j'aurais attendu ton retour pour te jeter au visage toute ma rancœur.

— J'apprécie beaucoup que vous m'ayez dévoilé cet épisode si privé de votre vie. Et je me sens encore plus stupide d'avoir fait tout ce tapage, dit Gareth. A propos, je trouve quand même votre sonnette bizarre...

— *Davvero*, reconnut Francesco. Par le passé, on l'utilisait en cas de danger pour rassembler au château les gens des alentours, mais cela fait très longtemps qu'elle n'avait plus servi. Si tu avais bien regardé, tu aurais vu un timbre moderne sur le côté de la porte. Mais peu importe : si quelqu'un pose des questions, notre fidèle Giacomo dira qu'il s'agissait d'un exercice d'incendie.

— Vous avez l'habitude d'en faire ?

— Il faut bien commencer un jour ! plaisanta Francesco.

On frappa à la porte. Giacomo entra et s'adressa à Francesco dans un anglais chargé d'accent italien :

— J'ai informé l'hôtel que le Signor Davies dormirait ici. Teresa vient de lui préparer l'ancienne chambre de la *contessa*.

— *Grazie*, Giacomo. Nous n'aurons plus besoin de vous pour ce soir, vous pouvez vous retirer.

Le maître d'hôtel s'inclina en souriant, reprit le plateau et sortit après avoir souhaité une bonne nuit à tout le monde.

— Merci. Je préfère en effet ne pas avoir à regagner l'hôtel par la route, dit Gareth à Francesco, désignant son verre de cognac. Mais je suis gêné de dormir dans la chambre de ta mère.

— En fait, c'est l'ancienne chambre d'Alicia : maintenant, la *contessa*, c'est elle.

Gareth se leva et vint s'incliner devant elle.

— Je vous promets à tous deux de ne jamais souffler mot de cette histoire à personne, déclara-t-il sur un ton très sérieux.

— En fait, répondit Alicia, je voudrais que tout le monde soit au courant. Tu es d'accord, Francesco ?

— Oui. Si tu avais su la vérité, cela fait des années que nous nous serions réconciliés. Je me suis comporté comme un imbécile arrogant. Je n'aurais jamais dû céder à mon orgueil, mais continuer à te chercher.

— D'autant plus que je ne me cachais pas !

— Mais tu refusais absolument de le revoir, remarqua Gareth.

— Dis donc, s'exclama Alicia, quel revirement ! Tu es de son côté maintenant !

— Je m'efforce d'être équitable. Tout à l'heure, je n'avais pas tous les éléments de l'affaire en main.

— Je vais raccompagner Alicia à Cardiff et nous raconterons notre histoire, pour que tout le monde sache la vérité. Et maintenant, *contessa*, ajouta Francesco en voyant le visage un peu trop pâle de sa femme, il faut aller au lit.

— Il a raison, approuva Gareth.

— Je ne serais pas surpris que nous soyons un peu fatigués, plaisanta Francesco en se tâtant ostensiblement la mâchoire du bout des doigts.

13.

Sans écouter Francesco, qui la pressait de faire la grasse matinée, Alicia se leva, puis lui étala sur la mâchoire, en dépit de ses protestations, le fond de teint dont elle usait pour dissimuler ses taches de rousseur.

— *Ti amo*, chuchota-t-il.

Ils rejoignirent leur invité sur la terrasse. Durant le petit déjeuner, la conversation roula sur le club local de rugby, que soutenait Francesco, et sur les succès de l'équipe de Gareth. Lorsque celui-ci se leva pour les quitter, en réitérant ses remerciements et ses excuses, Alicia lui demanda d'embrasser ses parents de sa part.

— Et maintenant, *sposa mia*, il faut retourner au lit, suggéra Francesco avec beaucoup d'autorité.

— Je me sens très bien, c'est plutôt toi…

— C'est ce que je ferai, cet après-midi. Avec toi. Mais tu as subi un choc et tu as besoin de repos.

— C'est vrai, même si ce matin j'ai voulu me lever, pour que Gareth voie bien que je ne lui faisais pas la tête.

— Il m'a demandé de ne rien dire de sa visite à sa famille. Ils ne savent pas qu'il est venu ici.

— Je commence à en avoir assez de tous ces secrets ! lança Alicia une fois de retour dans la chambre. Et faut-il vraiment que je me recouche ?

— Pour me faire plaisir, *innamorata*, répondit-il en écartant les draps.

Incapable de résister à cette injonction, Alicia ôta son T-shirt, son jean et se glissa dans le lit.

— Ne t'attends pas à me trouver toujours si docile, *signor*.

En riant, il se pencha pour l'embrasser.

— J'aimerais tant rester avec toi, mais le devoir m'appelle. Repose-toi bien.

Jusqu'au départ d'Alicia, Francesco s'efforça de déléguer le plus possible à ses employés de Florence, afin de passer le maximum de temps avec elle, ne la laissant que lorsqu'elle appelait sa mère ou Meg ou prenait sa leçon quotidienne d'italien avec Bianca.

Il l'emmena faire des courses, lui fit visiter son vignoble et la petite carrière de marbre qu'il exploitait et, bien sûr, lui fit connaître son équipe de rugby. Dès qu'il en avait l'occasion, il la présentait à ses amis et connaissances comme « *la mia sposa* » ou « *la mia contessa* », ce qui impressionnait terriblement la jeune femme, comme elle le lui confia plus tard. Ils assistèrent à la messe en compagnie de *zia* Luisa et de Bianca. Ainsi, à Montedaluca, tout le monde savait qu'il avait repris la vie commune avec sa jeune épouse.

La veille du jour où ils devaient revenir au Royaume-Uni, quand ils firent l'amour, Alicia le fixa d'un air si anxieux qu'il s'en inquiéta.

— *Che cosa, amore ?*

— J'ai peur, murmura-t-elle en cachant son visage contre son torse.

— Peur ? Mais de quoi ?

— Qu'il arrive quelque chose si nous partons. Je sais que ça peut sembler idiot, mais pour moi le *castello* est comme une île enchantée, qui échappe aux soucis du quotidien.

— Et tu penses que, quand nous l'aurons quitté, l'enchantement prendra fin ? *Carissima*, je t'ai déjà dit que jamais plus rien ne nous séparera. Nous avons survécu à l'attaque de Gareth et nous lui avons dit la vérité. Apparemment, il ne ressent plus aucune hostilité à mon égard et ses sentiments pour toi sont redevenus fraternels. Nous allons un jour raconter la vérité à ta mère, ainsi qu'à Megan et à ses parents.

— Tout le monde veut que nous soyons heureux ; même si ce n'était pas le cas, rien ne m'éloignera plus jamais de toi. Mais il faut bien que j'effectue mon préavis et que je mette mon successeur au courant. Et puis n'oublie pas que je suis censée avoir divorcé.

— Tu n'as qu'à dire que nous étions seulement séparés et que nous avons repris la vie commune.

Il l'embrassa avec une passion si possessive qu'ils se retrouvèrent vite nus dans les bras l'un de l'autre. Ils atteignirent l'extase à l'unisson, avant de s'endormir tendrement dans les bras l'un de l'autre.

Le lendemain matin, lorsque Alicia sortit de la douche, elle trouva Bianca dans la suite. Elle était venue les informer qu'elle avait appelé le médecin car Luisa était souffrante.

— Vous avez bien fait. Il arrive à *zia* d'avoir des problèmes cardiaques, lui expliqua Francesco, avant de se tourner de nouveau vers Bianca : Elle a pris ses médicaments ?

— Bien sûr, *signore*. Je m'en suis assurée. Elle prétend que ce n'est qu'une indigestion et qu'elle a trop mangé au dîner, mais elle est très pâle et son pouls est trop rapide.

— Va la voir pendant que je m'habille et que je termine mes bagages, proposa Alicia.

Mais avant qu'ils ne partent à l'aéroport, l'état de Luisa s'était encore dégradé et le médecin la fit transporter à l'hôpital, où Francesco l'accompagna.

Alicia le pressa de modifier leurs projets :

— Giacomo me conduira à Pise. Toi, tu dois rester ici. Tu me rejoindras quand *zia* ira mieux,

— Tu as raison, mieux vaut que je demeure auprès d'elle. Appelle-moi dès que tu arrives, je resterai à l'hôpital jusqu'à ce que je sois certain qu'elle n'est plus en danger.

Alicia l'embrassa et fit une brève visite à la malade, qui gisait sur son lit, pâle et essoufflée, le front moite de sueur.

— J'espère que vous serez en meilleure forme à mon retour.

— Vous allez vous installer ici ? Revenez vite. Francesco a besoin de vous.

— Moi aussi, j'ai besoin de lui et j'espère que vous allez récupérer très vite.

Alicia eut le plus grand mal à se séparer de Francesco. Tandis que celui-ci l'embrassait une dernière fois, Giacomo se détourna discrètement. Enfin, elle s'éloigna dans la Lamborghini, sous un ciel d'orage dont la noirceur s'accordait parfaitement à la tristesse qu'elle ressentait.

Tandis qu'on examinait sa tante, Francesco se mit à tourner comme un lion en cage dans la salle d'attente de l'hôpital, inquiet aussi pour Alicia — qui détestait les turbulences en avion. Soudain, un médecin entra et lui annonça que Luisa avait fait le bon diagnostic : elle ne souffrait que d'une légère indigestion et pourrait rentrer au *castello*, comme elle le désirait, puisque Bianca s'occupait d'elle.

Une fois Luisa installée dans sa chambre, avec Bianca à son chevet, Francesco descendit pour travailler un moment dans son bureau. Toutefois, incapable de se concentrer, il resta devant la fenêtre à regarder la tempête qui faisait rage. Il se décida à appeler Alicia, en vain. Soudain, son propre téléphone fixe sonna sur son bureau.

— Alicia ?

— Non, c'est Bron. Bronwen Hughes. Vous m'entendez ? La ligne est très mauvaise.

— Oui, nous avons un orage. Alicia est arrivée ?

— Non, c'est pour cette raison que je vous appelle. Elle m'avait promis de me téléphoner dès qu'elle aurait atterri, mais elle ne l'a pas fait.

— Elle ne m'a pas appelé non plus.

— Et votre tante ?

— Très fatiguée, mais ce n'était pas le cœur, une simple indigestion. Bronwen, dès que vous aurez des nouvelles d'Alicia, appelez-moi je vous prie.

— Bien sûr. Vous aussi, si elle vous téléphone d'abord. Maintenant, on reste en contact.

Si sa belle-mère avait gardé le contact, des années auparavant, Alicia et lui auraient évité bien des souffrances, se dit-il avec amertume. Il consulta son ordinateur et apprit que le vol d'Alicia s'était enfin posé, très en retard, à Cardiff. Mais pourquoi diable n'appelait-elle pas ?

Pour se calmer, il décida de prendre une douche. Tandis qu'il se séchait, dans la salle de bains, son regard se posa sur un petit rectangle métallique. Le téléphone portable de sa femme, qu'elle avait oublié là, dans l'émotion du départ sans doute.

Dans le hall de l'aéroport de Cardiff, encore barbouillée à cause du vol agité qu'elle avait enduré, Alicia se mit en quête d'un téléphone public. Heureusement, elle connaissait par cœur le numéro du *castello*. La sonnerie avait à peine retenti qu'une voix rauque d'inquiétude se fit entendre :

— Alicia ?

— Oui. Je viens de récupérer mes bagages. Je ne t'ai pas appelé avant parce que j'ai oublié mon téléphone. Le vol a été horrible, j'ai eu si peur et j'aurais tellement voulu que tu sois là…

— Enfin ! Je viens de m'apercevoir que ton portable était resté dans la salle de bains. Appelle vite ta mère, elle est aux cent coups. Après, tu prendras un taxi.

— Bron t'a donc appelé ? Et comment va Luisa ? J'avais peur que tu sois encore à l'hôpital.

Après avoir écouté les explications de Francesco et téléphoné à sa mère, Alicia prit un taxi, sous une pluie battante. Bron la reçut avec une émotion inhabituelle. George Hughes la serra dans ses bras et lui versa un verre d'un bourgogne qu'il gardait pour les grandes occasions.

— Appelle tout de suite ton mari pour le rassurer. Bron m'a dit qu'il était dans tous ses états.

Alicia courut s'enfermer dans le bureau de George.

— Francesco ? Je suis arrivée.

— Tu te sens mieux, *tesoro* ?

— Oui. Et Zia, va-t-elle assez bien pour que tu puisses bientôt venir me rejoindre ?

— Je vais encore attendre un jour ou deux pour m'en assurer. Et maintenant, repose-toi bien, *carissima*.

— George piaffe dans l'attente de son dîner, le pauvre ! Rappelle-moi vers 22 heures, je te parlerai d'un projet auquel j'ai réfléchi durant ma longue attente à Pise.

— J'ai hâte de le connaître. Je te rappelle. *Ciao, amore.*

Au cours du dîner, Alicia révéla à sa mère qu'elle avait l'intention de retourner vivre auprès de Francesco. Elle lui fournit une version édulcorée de l'incident qui l'avait poussée à le quitter.

— J'imaginais bien pire ! s'exclama Bron, stupéfaite.

— J'étais tellement naïve à cette époque.

— C'est la faute de l'éducation trop rigide que je t'ai

donnée. Mais si je t'ai mise en pension chez les sœurs, c'est que leur enseignement avait très bonne réputation.

— Et parce que tu voulais qu'elles veillent sur ta petite fille, ajouta George en souriant.

— Sans doute me suis-je montrée trop protectrice... Mais au début, si je n'avais pas pu la confier à Eira, jamais je ne serais retournée à la fac ; et ensuite, je ne sais pas comment j'aurais fait pour travailler. Je ne pouvais pas supporter qu'elle échappe à ma surveillance, alors tu t'imagines ce que j'ai enduré quand elle est partie seule avec Meg en vacances à Florence ! D'ailleurs, j'avais raison...

— Mais si je n'étais pas partie, je n'aurais jamais rencontré Francesco, fit remarquer Alicia en souriant. Je suis tombée amoureuse de lui au premier regard. Et maintenant, c'est comme si nous n'avions jamais été séparés. Figurez-vous que dans l'avion, il y avait tellement de turbulences que j'ai eu peur qu'il ne s'écrase et je me suis dit que la vie était trop courte pour en gâcher la moindre seconde. Alors j'ai décidé de changer mes projets ; je vais l'annoncer à Francesco dès ce soir.

Quand la sonnerie retentit, à 10 heures précises, Alicia bondit hors de la pièce, sous les regards indulgents de Bron et de George.

— Francesco ? Comment va Luisa ?

— Tout est redevenu normal. La pauvre Bianca essaie de la convaincre de ne pas boire de vin, mais c'est loin d'être gagné.

Alicia sourit.

— Veux-tu que je te parle de mon projet ? dit-elle.

— Eh bien, figure-toi que moi aussi j'en ai un. Mais toi d'abord, *tesoro*.

— Je dois effectuer un préavis de deux semaines, mais je ne travaillerai pas une minute de plus.

— Je suis parfaitement d'accord. Et maintenant, je

t'expose mon projet : je me suis arrangé pour rester avec toi jusqu'à ce que tu aies terminé ton préavis et que tu rentres avec moi à Montedaluca. Qu'en penses-tu ?

— Je suis ravie. Je regrette seulement que tu ne sois pas là pour pouvoir le constater. Si tu me donnes l'heure d'arrivée de ton avion, je viendrai te chercher à l'aéroport. Ça t'ennuierait que nous allions déjeuner chez Bron ?

— Je serai très heureux de la revoir et de faire la connaissance de ton beau-père. Mais pour moi, tout ce qui compte c'est que nous soyons enfin réunis.

A peine eut-elle entrevu les boucles brunes de son mari à l'arrivée de l'aéroport qu'Alicia fendit la foule, tel un centre fonçant pour marquer un essai. Le regard de Francesco s'illumina en la voyant et il lâcha sa mallette pour la soulever et la serrer dans ses bras durant un long moment.

— Salut, dit Alicia quand elle put enfin parler.

— *Amore*, chuchota-t-il, avant de la prendre par la taille et de la guider vers la sortie. On prend un taxi ?

— Non, je suis venue en voiture. On va d'abord déjeuner chez Bron et George, et puis je te ramènerai chez moi. Demain nous dînerons avec Meg et Rhys, mais ce soir, seulement toi et moi.

— *Perfetto*, répondit-il en la dévorant du regard. Tu as l'air si jeune, on dirait vraiment la gamine qui m'a volé mon cœur à Florence.

Exactement l'effet qu'Alicia recherchait, avec son jean, son T-shirt et ses cheveux dénoués sur les épaules.

— Oui, j'ai pensé que tu apprécierais…

Le déjeuner avec Bron et George se déroula à la perfection. Dès le premier coup d'œil, les deux hommes se plurent et l'accueil que fit Bron à son gendre se révéla bien plus chaleureux que lors de leurs précédentes rencontres.

— Vous ne m'en voudrez pas trop de vous priver de votre fille ?

— Non, Francesco. Il est clair que c'est son plus cher désir, répondit Bron en versant une larme.

— A moi aussi. Et cette fois, Bronwen, je la rendrai heureuse.

Ils s'attardèrent devant leurs cafés jusqu'à ce que George prenne Francesco en pitié et suggère au jeune couple de partir :

— Nous aurons tout le temps de discuter, mais vous feriez mieux d'y aller maintenant si vous voulez éviter les embouteillages.

Ils s'embrassèrent tous avec chaleur et Alicia reprit le volant.

— Je ne vais sans doute pas assez vite à ton goût, dit-elle, arrêtée à un feu rouge.

— Maintenant que nous sommes seuls, je ne suis plus si pressé. J'adore être à côté de toi dans ta petite voiture après une si longue séparation.

— Trois jours seulement !

— Mais qui m'ont paru trois ans ! Nous ne nous séparerons plus jamais, *carina*, nous avons perdu trop de temps.

A peine étaient-ils entrés dans l'appartement que Francesco la souleva dans ses bras et la transporta jusqu'à la chambre pour la déposer sur le lit.

— Je ferais bien une petite sieste..., lança-t-il d'un ton sensuel.

— Moi aussi.

Une fois nus dans les bras l'un de l'autre, ils furent pris d'un tel désir qu'ils négligèrent les préliminaires. Francesco ne cessait de lui dire qu'il l'aimait, dans les deux langues.

— Dis-moi que nous ne nous quitterons jamais plus, Alicia.

— Plus jamais, murmura-t-elle en l'embrassant passionnément. Francesco, *ti amo.*

Deux semaines et quelques soirées d'adieu plus tard, la dernière fête prévue eut lieu chez Eira et Huw Davies, qui avaient sollicité le privilège de l'organiser dans la maison où Alicia avait grandi.

— Tu cuisines tellement mieux que moi, Eira, dit Bron à son amie l'après-midi de la fête. Mais ne te fatigue pas trop, nous sommes en famille.

— Elle va encore me faire éplucher des légumes pendant des heures, soupira Huw à l'intention de George. Tu viendrais me donner un coup de main ?

— Moi aussi, je peux aider, proposa Francesco.

Au lieu de refuser poliment, comme Alicia s'y attendait, Eira accepta et lui demanda de s'occuper du vin.

— Avec plaisir, répondit-il. Et j'espère vous voir bientôt au *castello* pour d'autres réjouissances.

Contrairement à la fête de famille célébrée à Cardiff, celle que Francesco avait prévue à Montedaluca serait sans nul doute vécue comme l'événement de l'année. Toute la ville fut stupéfaite d'apprendre que *il conte* avait organisé un match de rugby à but caritatif, au club dont il avait si bien favorisé le développement qu'il jouait désormais en deuxième division. La vente des billets devait permettre au service de pédiatrie de l'hôpital d'acquérir de nouveaux équipements, et le comte en personne participerait à un match opposant deux équipes de vétérans de Montedaluca et de Cardiff. Ensuite, un feu d'artifice serait tiré et un dîner offert par Mario Ponti — dont le fils, demi d'ouverture, était la vedette de l'équipe locale.

— Quel lieu magnifique, Francesco, dit David Rees-Jones, tandis que Giacomo leur servait à boire sur la terrasse du *castello*, le soir précédant ce match.

— C'est ma maison, répondit simplement Francesco.

Il avait les yeux fixés sur Alicia qui riait avec Megan des plaisanteries des copains de Gareth.

— Ah, ces rugbymen, tous les mêmes ! s'exclama David. Mais demain, attention à vous : je me suis entraîné comme un fou depuis que j'ai eu la folie de céder à la demande votre femme.

— Alicia sait y faire pour obtenir ce qu'elle veut.

— Nous la regrettons tous. C'était une professionnelle de haut niveau. Enfin, j'espère me montrer à la hauteur des circonstances, demain.

— J'en suis certain, *amico.* Mais je vois Alicia parler avec Giacomo, on va bientôt servir le dîner, un peu plus tôt que d'habitude pour que les vétérans puissent se coucher de bonne heure en prévision du match de demain.

En voyant Francesco pénétrer sur le terrain entouré de son équipe, Alicia sentit dans l'air la même électricité qu'elle avait perçue à Cardiff, le jour où ils s'étaient revus.

— Francesco est en pleine forme, remarqua George, et Gareth aussi.

— Rien d'étonnant, Gareth s'entraîne régulièrement, répondit Huw en examinant les joueurs de l'équipe locale. Ces garçons sont plus légers que nos vétérans, mais ils seront aussi plus rapides.

Alicia tenta de se détendre et de profiter de la place privilégiée qui lui avait été réservée pour l'occasion. Mais en son for intérieur, elle redoutait que Francesco ne se blesse.

— Du calme, lui dit Meg. Ton mari m'a l'air très en forme.

— Il s'entraîne régulièrement, expliqua-t-elle à son amie. C'est vraiment dommage que Rhys n'ait pas pu se libérer. Ça lui aurait sûrement plu.

— Tu te rends compte, intervint Bron, que c'est la première fois que j'assiste à un match !

— Tu vas adorer. Et après le match, il y aura du champagne et un dîner délicieux.

— C'est bien pour ça que je suis venue !

La partie commença à un rythme d'enfer. A la mi-temps, il était clair que certains vétérans, des deux camps, étaient heureux de pouvoir reprendre leur souffle.

— Ne t'en fais pas, chuchota Huw à l'oreille d'Alicia dès la reprise. Ton homme court encore assez vite pour se tirer d'affaire.

— Pas suffisamment, constata Alicia, la gorge serrée, en voyant Francesco plaqué au sol par un pilier gallois.

Juste avant la fin du temps réglementaire, alors que le score était très serré, Francesco s'empara de la balle et courut comme une flèche vers la ligne, échappant à tous ceux qui cherchaient à lui barrer la route. Gareth fondit sur lui, mais il réussit à l'éviter d'un crochet et plongea dans l'en-but, le ballon à bout de bras.

La fête qui suivit fut haute en couleurs, malgré quelques bobos : David arborait un œil au beurre noir, et Francesco préféra ne pas s'attarder sur son genou meurtri.

— Mon héros, murmura Alicia en lui tendant une flûte de champagne. J'espère qu'on te verra en photo dans la presse locale.

— Moi aussi, car je ne suis pas près de recommencer ! répondit son mari en tapant sur l'épaule de Gareth. Merci, capitaine. Quelle belle rencontre, n'est-ce pas ?

— Superbe.

— *Davvero.* Et toi, David, comment te sens-tu ?

— Vieux. Ces Italiens ont une pêche d'enfer !

Alicia emmena Megan embrasser les vétérans pour les féliciter de leur magnifique performance, puis tout le monde se dirigea vers le buffet, y compris Luisa qui refusa de rentrer au *castello* avant la fin du feu d'artifice.

Après le dîner, Francesco prononça un discours dans les

deux langues et remit un chèque confortable à l'administrateur de l'hôpital.

— Quel bel essai tu as marqué, lui chuchota Alicia à l'oreille. Mais nous avons été soulagés quand l'arbitre a sifflé la fin.

— Comment, « nous » ? Tu parles de Megan et de ta mère ?

— Non. Le bébé et moi.

— Enfin ! Je me demandais quand tu allais te décider à me l'annoncer.

— Tu étais au courant ?

— Bien sûr. Je sais encore compter.

— Et tu es content ?

— Je suis l'homme le plus heureux du monde, répondit-il en se penchant pour l'embrasser. *Ti amo, tesoro.*

Après le bouquet final, le silence se fit dans le ciel étoilé et les invités rentrèrent boire une dernière flûte de champagne.

— Tu veux l'annoncer à nos invités en leur souhaitant une bonne nuit ? demanda Alicia.

— Si tu m'y autorises, *carissima. Grazie.*

Après avoir tapoté son verre, il remercia l'assistance d'avoir contribué à la réussite de l'événement.

— Et maintenant, poursuivit-il en prenant Alicia par la taille, je vous demande de lever vos verres à cette magnifique journée. Nous avons récolté une belle somme d'argent pour notre hôpital, j'ai marqué un essai dont mes genoux auront du mal à se remettre et pour couronner le tout, Alicia vient de m'annoncer la plus merveilleuse des nouvelles : avant la fin du prochain Tournoi des Six Nations, nous ne serons plus deux, mais trois.

L'enfant d'un disparu, de Tara Pammi - N°4503

Priya est sous le choc. L'homme qui se tient devant elle n'est autre que son mari, qu'elle croyait mort huit ans plus tôt ! Revoir Christian bouleverse son univers tout entier. Car, si leur mariage est resté pour elle un mirage, leurs retrouvailles sont plus réelles que jamais. Malgré le doute et les questions qui l'assaillent, Priya sait qu'elle va devoir révéler à Christian que durant sa trop longue absence tous deux ont eu un enfant. Un fils qui aujourd'hui a besoin de son père…

La protégée du magnat italien,
de Chantelle Shaw - N°4504

Parce qu'il connaît le monde impitoyable des affaires, Daniele a promis de veiller sur Paloma Morante, l'héritière d'un empire. Mais ses retrouvailles avec la jeune femme lui rappellent les raisons pour lesquelles il l'a tenue à distance si longtemps. Audacieuse et sexy, sa protégée est la tentation incarnée ! Or s'il lui a proposé de l'épouser c'est uniquement pour assurer sa sécurité, de jour comme de nuit…

Éprise d'un aristocrate, de Rebecca Winters - N°4505

Embauchée pour rénover une fabuleuse demeure de Provence, Camille tombe immédiatement sous le charme de Raoul Fontesquieu, le maître des lieux. L'homme est toutefois hors de sa portée. Non seulement il vient de se découvrir un fils auquel il souhaite se consacrer pleinement mais, surtout, il est issu de l'aristocratie. Si deux mondes les opposent, Camille et Raoul se rapprochent pourtant, corps et âme, jusqu'à douter de pouvoir vivre l'un sans l'autre…

Un cheikh envoûtant, de Pippa Roscoe - N°4506

SÉRIE : *PRÉCIEUX HÉRITAGE* - 2/3

Star Soames s'est donné une semaine pour chercher au royaume de Duratra la mystérieuse clé qui la mènera aux bijoux disparus de sa famille. Or, alors que sa quête la conduit au palais royal, elle y fait la connaissance d'un sublime inconnu, dans les bras duquel elle s'autorise une nuit de passion. Quelle n'est pas sa stupeur de découvrir le lendemain qu'il n'est autre que Khalif al-Azhar, l'héritier du trône ! Envoûtée par son aura magnétique, Star accepte de le suivre dans le désert…

Le baiser du Cap, de Joss Wood - N°4507

SÉRIE : *SCANDALE EN AFRIQUE* - 1/3

« Si je t'embrasse, il n'y aura pas de retour en arrière possible… » Face au sublime Radd Tempest-Vane, Brin retient son souffle. Jamais elle n'a été aussi troublée par un homme, or celui-ci s'avère être son employeur ! Recrutée par Radd pour parer de fleurs le Kagiso Lodge, sa luxueuse villa sud-africaine qui abritera le mariage de l'année, Brin doit garder son sang-froid. Ce contrat pourrait en effet lancer sa carrière, ou la briser si elle perd la raison dans les bras de ce milliardaire qui lui sera à jamais interdit…

La reine du Nabhan,
de Julieanne Howells - N°4508

Pour prouver l'innocence de son frère, Lily est prête à tout – et même à se faire passer pour la fiancée de Khaled, futur roi du Nabhan. Certes, elle n'a rien d'une princesse, mais elle n'aura aucun mal à feindre d'être amoureuse de Khaled, alors que celui-ci la bouleverse d'un seul regard. Mais tandis que tous deux se rapprochent, jusqu'à succomber à la passion dans les bras l'un de l'autre, Lily comprend qu'elle a mis en danger son cœur en prenant part à ce jeu si troublant…

Entre les bras de Marco Ferranti,
de Kate Hewitt - N°4509

Marco Ferranti lui propose de l'héberger pour la nuit ? Malgré le calme qu'elle s'efforce d'afficher, Sierra sent une puissante fureur monter en elle. Cet homme arrogant et imbu de lui-même croit-il vraiment qu'après l'avoir humiliée de la pire des façons – en obligeant son père à la déshériter à son profit – il va pouvoir la mettre dans son lit ? C'est tout simplement hors de question ! Pourtant, alors que les inondations qui touchent la Sicile l'empêchent de repartir, Sierra se voit contrainte d'accepter. Mais elle se tiendra sur ses gardes, elle s'en fait la promesse. Car elle n'a pas confiance en Marco et ne peut se fier aux sentiments contradictoires qu'elle a toujours éprouvés pour lui…